이태원에 삽니다

이태원에 삽니다

잃어버린 나를 찾는 빛의 여정

'상실을 넘어, 나로 서기까지'
과거와 현재가 이어진 남산 아래 이태원의 골목에서
잃어버린 나를 다시 찾고 싶었다.

삶의 상처를 껴안고 나를 사랑할 때,
그 길 끝에서 다시 빛나는 자신을 만난다.

김미영
지음

이 책은 휴머니즘과 공동체에 관한 이야기입니다. '나'로 당당히 서기를 허락하는 '나다운 자유'에 관한 이야기입니다.

저는 이태원에 삽니다. 이태원은 다양한 문화 속에서도 나다울 수 있고, 타인의 다양성을 인정하는 자유와 포용의 공간입니다. 저는 15년째 삼각지, 후암동, 이태원동, 명동, 해방촌 등을 오가며 살고 있습니다. 많은 분들이 이태원 하면 자유와 무질서를 동시에 떠올리죠. 그도 그럴 것이, 이태원은 다양한 인종과 문화를 가진 이들이 총집합된 멜팅팟melting pot 같은 곳이니까요.

이곳 풍경을 한 컷의 사진으로 남긴다면 아마도 다음과 같지 않을까요. 개성 넘치는 패션의 MZ 세대들, 다정한 연인들, 강아지와 산책 나온 사람들, 러닝하는 사람들, 지팡이를 짚고 걷는 어르신, 한국인과 외국인, 오래된 슈퍼와 새로 오픈한 고급 레스토랑, 멀리 보이는 남산과 남산타워 등. 한국에서 볼 수 있는 가장 특징적인 풍경 중 하나죠.

이 일대는 외국인과 오랜 해외 생활 후 돌아온 한국인들이 다수 거주합니다. 반면 일제 강점기와 한국전쟁을 겪으며 터를 잡고 살아온 원주민들과 최근 새롭게 이주한 청년들의 삶의 터전이기도 합니다. 매우 다양한 문화가 공존하고, 한국인과 외국인, 남녀노소가 어우러져 사는 열린 공간입니다. 오래전부터 트렌디하고 독특한 패션숍, 갤러리, 레스토랑, 카페, 바, 클럽과 같은 상권이 형성된 이유이기도 합니다. 그래서 서로의 다름이 그리 특별할 것이 없습니다. 다름을 인정하고 존중하는 톨레랑스의 정신이 자연스레 형성된 곳이지요. 무질서하기보다는 한껏 나다울 수 있는 공간이라 생각됩니다. 이런 이유로 국내외 관광객들의 발길이 끊이지 않는 곳이기도 하죠. 최근에는 이태원의 중심뿐만 아니라 남산, 해방촌에서 보이는 서울의 노을을 구경하기 위해 더더욱 많은 관광객들이 붐비고 있습니다.

이태원은 또한 남산이 있어 쉬이 자연을 만끽할 수 있습니다. 제가 이곳에 사는 가장 중요한 이유 중 하나죠. 사계절 자연의 변화를 가장 가까이서 체험할 수 있답니다. 미처 몰랐던 야생화를 발견하는 재미를 즐기고, 숲속을 산책하며 고요히 나만의 시간을 갖기도 합니다.

산이 가까이 있음에도 교통편이 좋기도 합니다. 402번과 405번 등의 버스로 몇 정거장이면 한강을 지납니다. 소월로를 따라 왼쪽으로는 남산을 오른쪽으로는 서울을 감상할 수 있죠. 한강을 지날 때의 그 설렘이란! 반짝이는 윤슬과 시원한 바람, 하늘과 맞닿는 풍경 때문인지도 모르겠어요. 반대 방향인 남산 터널을 지날 때는 또 다른 감흥이 있습니다. 깜깜한 터널을 지나다 보면 왠지 새로운 미지의 세계로 넘어가는 기분이 들기도 하죠. 서울역도 근처라 KTX로 전국 어디든 갈 수도 있답니다. 가끔 익숙한 것에서 멀어져, 낯선 곳으로 나를 데려가기에 금상첨화죠.

3년 전 가을, 안타깝게도 이태원 참사가 있었습니다. 제가 지내는 이태원에 대해 글을 쓰기로 결심한 결정적인 이유입니다. 많은 이들의 삶이 사라지고, 또 변했습니다. 가족, 친구, 지인들의 트라우마와 상처는 그 무게가 이루 말할 수 없습니다. 이런 힘든 상황에도 모두가 한마음으로 아파하고 위로하는 모습을 보며 공동체의 온기와 힘을 느꼈습니다. 저의 개인적인 아픔을 떠나, 타인의 아픔을 보게 되었습니다. 주위를 돌아보게 되었습니다.

저는 20여 년의 해외 생활과 외국인 커뮤니티에서의 경험이 있습니다. 특히, 프랑스와 캐나다, 중국 문화에 익숙합니다. 2009년 처음 해외 생활을 마무리하고 한국에 돌아와 이태원 지역에 살았습니다. 외국인이 많아 한국에서 다시 적응하기에도 적합했었죠. 새로운 친구들을 만나고, 정체성 혼란도 극복했습니다. 희로애락을 겪었습니다. 몇 해 전, 다시 떠나고, 돌아온 이곳에는 수많은 저의 기억이 있습니다.

이 책을 쓰며 몰랐던 사실도 알게 되었습니다. 이국적이고 트렌디한 공간으로만 알았던 이태원이 실은 매우 한국적이고 전통적인 곳이라는 것을요. 조선시대 그 이전까지 거슬러 올라가 보니 '이태원'은 이름이 처음 생겼던 시점부터 지금까지 우여곡절이 많았더군요. 늘 한국사의 중심에 있었습니다. 슬프기도 모험적이기도 평범하기도 특별하기도 한, 한민족의 삶이 그대로 녹아있는 곳. 가장 이국적이나 가장 한국적인 곳. 그런 복합적인 요소가 얽히고설킨 자유지역. 이태원.

이태원은 저에게 상실의 공간이며, 치유와 위로의 공간이고, 회복과 쉼의 공간입니다. 꿈과 성장 그리고 존중과 사랑의 공간입니다. 이 책에는 그런 저의 이야기가 담겨 있습니다. 제 이야기는 저만의 것이 아닙니다. 이 시대를 살아가는 수많은 '나'의 이야기입니다. 공존의 이야기입니다.

저는 남산을 오르고, 소월길을 달리고, 경리단을 걷고, 해방촌을 탐험하고, 명동과 한남동을 걸었습니다. 다양한 커뮤니티에서 사람들을 만나고 소통하며 군중 속의 저를 관찰했습니다. 타인과의 관계를 보았습니다. 그리고 사부작사부작 글을 썼습니다. 나를 위로하고 사랑하기 위해, 타인을 위로하고 사랑하기 위해 그림을 그리고 심리를 배우고, 코칭을 배우고, 책을 냈습니다. 첫 책《벨플러의 꿈》은 저의 이야기를 통해 누군가는 용기를 얻고 살아가기를 바랐습니다. 그런 분이 계셨다면 좋겠습니다. 저는 이제 독자분들과 또다시 소통을 시도합니다. 부족한 언어로 풀어낸 제 이야기는 많이 서툴지만, 조금이라도 위로와 공감이 되길, 희망이 되길 바랍니다.

　나를 알고, 서로의 다름을 인정하고 존중하는 삶이야말로 우리가 궁극적으로 바라는 평화로운 삶이 아닐까요? 이 글을 읽는 당신도 온전히 '나'로서 평화롭기를, 어디서든 온전히 빛나길 기원합니다.

　그럼, 이제 저의 이태원으로 당신을 초대합니다.

1

상실

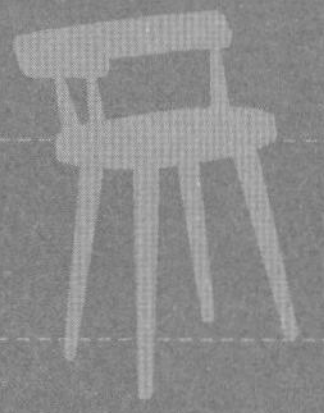

영원한 건 없다.
모든 것은 변한다.
생명체도, 무생물체도.
변하지 않을 것 같은 현재는 과거가 되고,
잡히지 않을 것만 같았던 미래는
어느덧 정면으로 실체를 드러냈다.

어느 하루, 광화문에서 동물원의 공연을 함께 보았던 관객들은
사라졌고, 나와 함께 손뼉을 치며 목청 높이 노래를 불렀을 친구도
사라졌다.

나의 삶에 나타났다 사라진 존재들이 있다.
가족도, 친구도, 우리 네로도
무엇도 영원하지 않았다.
한여름 밤의 꿈같이 사라졌다.

있었음을, 존재하였음을,
이제는 시나브로 알 것 같다.
텅 비었으나 꽉 차 있는 기억의 순간들을 본다.

상실의 시대

1장. 상실

"까톡!"

"영미가 하늘나라로 갔대. 장례식장은 ×××야…."

나른한 오후. 카카오톡 메시지가 유난히 크게 울렸다. 청천벽력 같은 소식이다. 순간 바닐라향 커피와 에콰도르 쇼콜라Ecuador chocolat가 진흙처럼 까끌거렸다. 메시지를 읽던 눈이 고정되어 움직이지 않았다.

나는 보그Vogue지를 퍼이떼feuilleté(하릴없이 또는 빠르게 책을 넘기는 행위)하며, 평화롭다 못해 무료한 오후를 보냈어야 했다. 또는, 여느 때처럼 르 꺄나르 앙세네Le Canard Enchané(프랑스 풍자 신문, 광고가

^{없기로 유명함)}에 수록된 기사를 이해하려 애쓰며 미간을 찌푸리고 있어야 했다. 영미가 갔다니…!

영미는 대학 시절 만난 친구이다. 작은 키에 동그란 얼굴, 하얀 피부와 가늘고 곧게 뻗은 단발머리를 하고 있었다. 시끄럽지 않은 명랑한 웃음소리가 특징이고, 의외로 세심하면서도 강단이 있는 친구이다. 첫째라서 그렇겠다 생각했다.

당시 나는 우연한 기회에 몇 개월간 영미의 집에 머물렀던 적이 있다. 자연스레 우리만 아는 추억도 생겨났다. 서로의 발가락을 짚어가며 한참을 웃기도 했고, 영미 생일이라며 난생처음 미역국을 끓여보기도 했다. 집 주위를 산책하며 각자 좋아하는 학교 선배에 대해 이야기할 땐 얼마나 재미있었는지. 함께 지내며 서로에 대해 더 잘 알게 된 소중한 시간이었다.

그런 내 친구 영미가 하늘나라로 갔다고 한다. 멍했다. 살면서 여러 번의 상실을 겪었다. 어느 날, 이 세상에서 사라진 친할머니. 중학교 2학년 1학기 기말고사 마지막 날, 생사를 달리한 아버지. 늘 아낌없는 지지와 사랑을 주셨던 외할머니,

삼촌, 친구 1, 친구 2, 친구 3….

　상실은 죽음으로만 겪는 것이 아니었다. 어릴 적 매일 보던 동네 친구가 갑자기 이사를 했다. 나의 첫 상실이었다. 다음엔 내가 멀리 떠나며 관계가 소원해졌다. 두 번째 상실이었다. 상실은 때때로 모습을 드러냈다. 사귀었던 남자 친구와 이별하고, 함께 했던 배우자와 헤어졌다. 그렇게 하나씩 또아리를 튼 채 깊은 곳에 자리 잡고는 어느 날 불쑥 "나 여기 있었어!"라며 얼굴을 내비쳤다. 화창한 봄날 푸른 하늘을 바라볼 때, 온통 초록인 남산을 걸을 때, 유난히 에스프레소가 맛있는 해방촌의 어느 카페에서, 그렇게 불쑥 예고 없이 탁! 하고 찾아왔다. 공허하고 쓰라리고 때로는 지옥이었다. 시간이 지나 상실의 깊이가 얕아지고, 감정이 무뎌질 때도 있지만, 그렇지 않기도 했다. 상실을 보듬는 일은 얕은 상처에 후시딘을 바르듯 그렇게 수월하지 않았다.

　이태원 참사로 150명이 넘는 존재가 연기처럼 사라졌다. 오랜 세월이 지난 지금까지 나의 상실이 기억나는 것처럼 그들을 기억하는 가족, 친구, 지인들이 있다. 믿기 힘들었고 허망했을 것이다. 온 국민에게 충격을 안겨준 사건이었다.

6년 전, 날개를 잃고 한없이 추락했다. 이혼을 겪으며 생긴 나의 상처는 그 누구의 것보다 선명하고 비극적이었다. Rupture(파열의 프랑스어)는 끝끝내 응축되어 있던 파편을 터뜨렸고, 상하이에서는 살기 힘든 고통을 부여잡고 아파트 30층에 섰다. 그러나 결국 나는 발코니에서 발을 내렸고, 모든 순간을 살아냈다. 다행이었으나 쉽지는 않았다. "어떻게 이별을 사랑할 수 있겠어? 널 사랑하는 거지~."라는 AKMU의 노래 가사는 여러 해가 지나도 가슴에 아렸다. 상실의 그림자는 영원처럼 길고, 괴물처럼 검었다.

살아내는 과정에서 알게 되었다. 내가 아픈 만큼 상대도 아픈 것임을. 나의 고통뿐 아니라, 상대의 고통도 생생함을. 나는 그 누구도 아닌 나 자신을 목숨처럼 사랑하고 있었음을. 고통은 나만이 가지는 전유물이 아니었다. 외면한다고 사라지는 것도 아니었다. 누구에게나 그러한 시절이 있듯 나에게도 고통의 시절이 있을 뿐이었다. 그러므로 나는 기꺼이 그 어두운 터널 속을 묵묵히 걸었다. 시간이 걸렸다. 괜찮다. 끝은 또 다른 시작이니!

2

이태원에 삽니다

어떤 장소에서 머물고 있다면
그 장소와 대화 중이라는 뜻이다.
어떤 장소에 머물고 싶다는 건
그곳과 대화를 나누고 싶다는 뜻이다.

이태원은 낯설고, 신선하다
익숙하고 지루하다가
다시 롤러코스터의 꼭짓점을 향해
올라가듯 그렇게 힘겹기도 하다.

솔솔바람을 선사하기도,
눈부시게 찬란한 태양을 내어주기도 한다.

나는 이곳에서 아직 끝나지 않은 이야기를 이어가고 있다.
수없는 재잘거림과 침묵이 공존하는 곳.

태양이 뜨고 지고
달이 왔다 사라지는 곳.

나는 이태원에 삽니다.

이태원이요?

"이태원이요? 한 번도 가보지 않았지만 궁금하긴 하네요,
선생님!"

내가 이태원을 알게 된 계기를 설명하려면 오래전 과거로
거슬러 올라가야 한다. 내학교 졸업반이 된 해에 홍콩이 중
국으로 반환되었다. 타임지에서는 밴쿠버가 홍쿠버가 되고
있다며 대서특필했다. 수많은 홍콩인이 밴쿠버로 삶의 터전
을 옮기고 있었기 때문이었다. 세상이 변하고, 이제는 미국보
다 중국이 세계를 지배할 것이라며 모두 이구동성이었다.

당시 세계정세에 민감했던 영문과 선배는 이때부터 밤낮

으로 영어 대신 중국어를 공부하기 시작했다. 나도 선배를 따라 교내 중국어 수업을 신청했다. 수업은 생각보다 힘들었다. 문자는 우리가 알고 있는 한자가 아닌 중국 본토인들이 사용하는 만다린(간략화된 한자)이었다. 문자를 새로 암기해야 했고, 발음과 성조는 따로 학습해야 했다. 이것이 문제였다. 어느 날 '코카콜라'를 발음해 보라는 교수님의 요청에 나는 "그만!"을 외쳤다. 코카콜라를 '코카콜라'라고 발음하지, 어떻게 발음해야 한단 말일까? 내가 발음한 코카콜라로는 중국에서 까맣고 달짝지근한 쏴~하며 톡 쏘는 코카콜라를 마실 수 없는 것이었다. 처음으로 포기를 선언했다.

차선책으로 여전히 세계 공통어인 영어를 배우기로 했다. 원하는 회사에 취직하려면 어찌 됐든 여러모로 쓸모 있는 영어가 필요했다. 때마침 회화 학원에 다니는 친구에게 물었다.

"회화 공부는 어떻게 하는 거야?"

"그냥, 교재에 있는 영어 대화 예시를 외워. 그리고 선생님과 친구들에게 약간씩 변형해서 사용하면 돼."

친구는 영문학 전공자가 아님에도 자신의 의견을 영어로 술술 풀어냈다. 자세히 들어보니 모두 제법 쉬운 단어들의 조합이었다. 한국에서 고등교육을 받았다면 알아들을 수 있는 정도랄까. 회화라 그리 어렵지 않을 것 같아 나름 자신감이 생겼다. 그렇게 친구 덕에 학원에 등록하고 원어민 선생님에게 영어를 배우기 시작했다.

선생님은 일상생활을 클래스의 소재로 사용하는 경우가 많았다. 취미라든가, 좋아하는 음식이라든가, 날씨라든가 하는…. 주말에 하는 일에 관한 질문은 단골 소재였다.
한 학생이 물었다.
"How do you spend your time during the weekend? 주말에 뭐 하시나요?"
선생님: "나 거의 매주 이태원에 가."
학생: "이태원이요?"
선생님: "그곳에는 클럽도 있고, 나 같은 외국인들이 이곳보다 많이 오지. 바Bars도 많아. 게이바도 있어. 친구들과 당구를 치기도 하지. 왠지 고향에 있는 기분이야."

선생님은 이태원에 가면 고향에 온 것 같다고 했다. 본인과 같은 미국인 친구들도 만나고, 다른 국가에서 온 외국인 친구들도 만난다고 했다. 당구를 치고, 바에서 맥주를 마시

며 이야기하고, 재즈클럽에서 음악을 즐기기도 했단다. 한 번
도 가본 적 없었으나 선생님을 통해 듣는 이태원은 왠지 친
근하게 다가왔다. 이태원이 궁금해졌다.

드디어 그날이 왔다. 선생님이 이태원에서 뉴이어스데이
파티를 하자고 제안했다. 늘 말로만 듣던 곳. 연말을 맞아 서
울에 사는 언니 집에 와 있을 때였다. 궁금했는데 잘 됐다 싶
었다. 그날은 춥고 청명했다. 당시 나는 마치 이상한 나라의
앨리스가 된 것처럼 이곳에서의 기이한 경험을 앞두고 조금
들떠 있었다.

전철을 타고 이태원역에 도착했다. 약속 시간보다 일찍이
다. 1번 출구로 나와 주위를 찬찬히 둘러보는데, 지금까지 본
서울의 풍경과 사뭇 달랐다. 커다란 해밀턴 호텔과 길옆으로
줄지어있는 상가의 간판은 이국적이고, 특별한 장식 없이 투
박하거나 단조로웠다. 매장에 진열된 물건들은 큰 옷, 큰 신
발, 한국의 전통 도자기, 동물의 가죽과 털로 만든 외투 등
흔히는 못보던 물건들이었다. 무채색인 거리는 삭막해 보이기
도 했다. 나의 흥미를 끄는 곳이 좀처럼 없었다. 낯설었다. 상
점은 한국어와 영어가 혼용으로 표기되어 있었다.

외국인이 많았다. 백인뿐만 아니라 흑인도 있었다. "흑인이라고?" 차별적인 발언이 아니니 오해는 없기를 바란다. 백인은 유럽피언, 흑인은 아프리칸 아메리칸쯤으로 부르는 것이 현대 지성인으로서의 표현 방법임을 후에 알았다.

일찍 도착한 김에 근처를 둘러보고 있을 때였다. 맞은편에서 10대로 보이는 꽤 건장한 흑인 청년 세 명이 걸어오고 있었다. 검게 늘어진 박스티에 힙합 스타일의 캡모자를 눌러쓰고 있었다. 태어나 처음으로 흑인을 만나는 순간이었다. 덩치가 나의 두 배쯤 돼 보인다. 걸음걸이는 건들거려서 발을 내디딜 때마다 메탈로 된 목걸이가 은빛으로 출렁거렸다. 축 늘어진 목걸이 가운데에 있는 커다란 십자가 장식이 비현실적으로 크게 보였다. 마치 뮤직비디오 속에나 나오는 장면 같았다. 공포스러웠다.

'뭐야, 영화에서 보던 갱스터야?'

나도 모르게 몸이 굳어지며 움츠러들었다. 그들 옆을 지나치는 순간 숨이 쉬어지지 않았다. 아무 일도 없는 척 지나가고 싶었지만, 그러거나 말거나 심장이 쿵쾅거렸다. 나는 이어

재빨리 그곳을 벗어나 일행과 만나는 장소로 이동했다. 다행히 그사이 선생님과 일행들이 도착해 있었다. 숨이 쉬어졌다. 다행이었다. 이내 조금 전 일을 잊고, 오랜만에 만난 친구들과 서로의 안부를 묻고, 새로 만난 분들과도 인사하며 이야기꽃을 피웠다.

그때다. 주위에 알 수 없는 물체가 움직였다. 더 놀라운 장면을 목격하기 직전이다. 사람이었다. 희미하고 힘이 없어 보이는 여인인데 뭔가 달라 보인다. 피부색이 까맣고 피골이 상접했으며, 방금 전에 본 흑인과 또 달랐다. 마치 늙은 나무의 껍데기처럼 말라비틀어진 듯 거칠고 짙은 브라운색을 띠었다. 상의는 짧은 점퍼를, 하의는 무릎까지 오는 청치마를 입고서는 이 추운 날씨에 홀로 역 주위를 서성이고 있었다. "반지의 제왕"에서나 보았던 골룸처럼 구부정하고 빼빼 말라 있었다. 나이가 백 살은 되어 보이는 듯 얼굴에는 주름도 상당했다. 차려입은 옷이 외모와 어울리지 않아 유심히 볼 수밖에 없었다. 직관적으로 그녀가 몸을 파는 사람임을 알았다. 그제야 시야를 넓혀 보니, 그들은 1번 출구에도, 3번 출구에도, 좀 더 떨어진 길가에도 있었다. 모두 손님을 물색하는 눈치다. 처음 보는 이 광경에 나와 일행은 아연실색하고는 누가 먼저랄 것도 없이 재빨리 그곳을 벗어났다.

선생님은 우리 일행을 맞은편 2층에 자리잡은 바bar로 이끌었다. 맥주와 데낄라, 위스키 같은 종류의 술을 팔았는데 분위기가 제법 정겨웠다. 벽난로와 나무로 장식된 내부 인테리어가 편안하게 느껴졌다. 겨울이라 실내가 따듯했고, 마치 북미에 있는 어느 캐빈으로 캠핑을 온 듯하니 기분도 좋아졌다. 우리는 낯설었으나 서슴없이 대화하고, 음악에 맞춰 함께 춤을 춰보기도 했다. 꽤 신선한 경험이었다.

시간이 지나 집으로 돌아가는 길목에서 술에 취해 이유 모를 화를 쏟아내는 백인을 보고 또다시 놀라기도 하고, 얼음이 꽁꽁 언 새벽 거리에서 잡히지 않는 택시를 기다리며 발을 동동 구르기도 했다. 그날의 재미있었으나 충격적인 기억은 여전히 뇌리에 선명히 남아있다. 출구에서 본 여인들은 더더욱 그랬다. 그들이 보여주었던 충격적인 모습이 바로 마약이 원인이었다는 걸 후에 알게 되었다. 처음으로 방문한 이태원은 그렇게 여러 가지 색을 지닌 곳이었다. 신선하면서도 참 괴이했다.

이태원 디아스포라Diaspora

2009년 캐나다 생활을 마치고 한국으로 돌아와 처음 정착한 곳이 용산구 삼각지이다. 용산에는 외국인들이 많았다. 그들은 나름 커뮤니티를 형성하며 이태원을 중심으로 살고 있었다. 그래서인지 오랫동안 해외 생활을 하고 방금 돌아온 나같은 사람보다 이태원을 더 잘 아는 외국인들이 많았다. 특히, 내가 만난 캐나다인 S는 더욱더 그랬다.

"미영, 이태원이 무슨 뜻인지 알아요?"

"그게 무슨 말이죠?"

"그럴 줄 알았어요. 한국인들은 이태원의 어원이나 이 지역의 역사를 잘 모르더라고요. 이태원은 한자로 '다를 이

(異)', '아이 밸 태(胎)', '집 원(院)자'를 써서 이태원(異胎院), 즉 배가
다른 사람들이 사는 곳, 이방인이 사는 곳이라는 의미예요."

"네? 아…, 그런가요? 한 번도 생각해 본 적이 없었네요.
그런데 뜻이 좀 의외이긴 하네요."

S와의 대화에서 얼굴이 화끈거렸다. 사는 곳에 대한 부족
한 지식과 이태원의 한자적 의미가 다소 충격적이었기 때문
이다. 그녀는 내가 한국에 없을 때 서울에 정착했다. 벌써 서
울 생활 7년 차 베테랑이었다. 한국 생활에 관심이 있는 외국
인들을 위해 웹사이트를 운영하며 유용한 생활 정보를 제공
하고 있었다. 누구보다 한국을 잘 알고 있는 듯했다.

'배가 다른 사람들이 사는 곳이라….' 그녀가 다시 대화를
이어갔지만 나는 좀처럼 들리지 않았다. 이태원이 배가 다른
사람들이 사는 곳이란다. 외국인들을 배다른 사람으로 표현
한 것 같아 괜히 불편했다. 생선 가시가 걸린 것처럼 목 안이
따가웠다.

중국에서 한국인들이 하얼빈으로 몰리고, 러시아에서는
중앙아시아로 몰린 것과 무엇이 다를까. 꺼림칙했다. 오랜 해

외 생활로 누구보다 이방인이 느끼는 차별에 대해 잘 알고 있
다. 그래서인지 나는 더 민감해졌다.

"미영, 여기 음식 어때요? 캐나다만큼은 아니지만 괜찮지
않아요?"

그녀가 말한 음식은 몬트리올의 대표 음식인 스모크 미
트Smoked meat 샌드위치이다. 한번 먹어보면 절대로 잊지 못할
맛! 이태원에 있는 스모크 미트는 캐나다 현지와 같지는 않
았으나, 꽤 현지 맛이 나는 편이었다. 그녀는 별것 아니라는
듯 화제를 옮겨 말을 이어갔지만, 나는 내내 음식을 먹는 둥
마는 둥 했다. 마음이 불편했다.

그녀와 헤어지고 인터넷 검색을 해보니 새로운 사실이 또
있었다. 이태원은 지금의 핫하고 트렌디한 이미지와는 다르
게 꽤 오래된 역사를 지니고 있었다. 지리적으로는 과거 용산
고등학교 일대에 있던 이태원의 위치가 지금 이태원의 위치
로 바뀌었다. 같은 이름, 다른 장소인 셈이다. 명칭으로 사용
된 한자도 여러 번 바뀌었다. 조선시대 초기에는 오얏(자두)나
무가 많다고 하여 '李泰院(오얏 리, 클 태, 집 원)'이라 하였다가, 임
진왜란 이후에는 그녀의 말처럼 배다른 아이라는 뜻의 '異胎

院(다를 이, 아이 밸 태)' 그리고 효종 이후에는 배나무가 많다는 의미로 '梨泰院(배나무 리, 클 태)'을 지금까지 사용하고 있다. 모두 발음은 '이태원'이나 한자와 의미에서 변화를 거듭했다.

그러나 외국인들에게는 이런 이태원의 명칭이 알게 모르게 '배다른 사람들이 모여있는 곳'으로 통용되고 있다. 물론 이태원의 의미를 모르는 외국인들도 많다. 요점은 이태원이라는 공간의 한자가 여러 번 바뀐 이유가 한민족의 역사와 무관하지 않다는 점, 의도적이든 아니든 외국인과 내국인을 구분하는 뉘앙스가 있다는 점이다.

대한민국은 전국 어느 곳을 가나 과거 외세의 침략과 전쟁의 상처를 지니고 있다. 특히 이태원 지역은 임진왜란, 병자호란, 임오군란, 일제강점기, 한국전쟁, 미군 주둔을 거치며 외국 세력과 관계하는 중요한 요충지로서의 역할을 해왔다. 한국사의 가장 중요한 사건을 함께한 곳이며, 가장 깊은 상처를 안고 있는 곳이라 해도 과하지 않다.

역사는 반복된다. 과거를 보면 미래를 알 수 있다고 한다. 이태원은 여전히 외국 문화의 중심지이다. 많은 외국인이 살고, 외국에서 돌아온 한국인들도 많다. 디아스포라Diaspora들이다. 디아스포라Diaspora는 민족의 정착지를 벗어나 세계 여러 나라에 흩어져 사는 사람들을 가리키는 말이다. 외국에 사는 한인들, 한국에 사는 외국인들이 해당한다. 나를 포함하여 이들은 여러 문화를 체득하고 있으며, 때로는 정체성의 혼란을 겪기도 한다. 새로 정착하는 사회에서 다시 적응해야 하는 설렘과 부담을 동시에 지니고 있다. 어딜 가나 다 그런 것 아니냐고 반문할 수도 있겠다. 하지만 조금만 더 홍익인간의 후손으로서 너그러운 마음을 보여주면 어떨까. 만에 하나 외국인들이 느낄 수 있는 소외감이 있다면 좀 더 따듯한 시선을 보여주길, 같은 이치로 외국에 거주하는 한국인들에게도 그렇길 바라본다. 구분이 아니라 따듯한 시선과 포용이면 좋겠다. 진심으로 세계인과 공존하는 성숙한 이태원이길 기원한다.

다시 이태원

어쩌다 다시 이곳이다. 5년 전 한국으로 돌아와서 이태원을 택했다. 이유는 여러 가지다. 상하이에서 돌아와 피폐해진 마음으로 하루하루를 지냈다. 나는 전남편과의 이혼으로 만신창이가 되었다. 오랜만에 찾은 한국은 낯선 행성 같았다. 넉 달 뒤 프랑스로 가기로 마음먹었다. 한 철 보낼 곳에 둥지를 트는 철새처럼 잠시 머무를 수 있는 거처가 필요했다. 미래를 펼칠 안정된 장소보다 당장 머무를 방 한 칸이 필요했다. 처음으로 혼자 지낼 곳을 찾았다.

단기 임대가 가능한 지역을 꼽아 살펴보았다. 강남에서 본 집은 좁았다. 몸을 누여 잠자는, 최소한의 쓸모만을 지닌 곳이었다. 어떤 이유에선지 홍대에 점찍어 둔 아파트는 결국 방문하지 않았다. 과거 내가 살던 이태원 일대를 둘러봤다. 해방촌에서 본 주택은 그럭저럭 몇 개월은 지낼 만해 보였다. 언덕을 따라 완만한 지붕의 주택들이 송이버섯처럼 늘어져 있었다. 지척에 푸른 구릉 같은 남산이 하늘과 맞닿아 있고, 경적이 들리지 않는 한적한 골목에 집이 있었다. 당분간이지만 정착하기에 괜찮아 보였다.

해방촌은 '촌'이라는, 작은 마을을 뜻하는 소박함과 트렌디함을 동시에 지닌 지역이다. 앞뒤 색이 다른 양면 색종이처럼 다채롭다. 지루하지 않다. 거리 곳곳을 둘러볼수록 이상한 나라의 앨리스가 된 듯한 기분에 스며들었다. 한 거리에선 양파 수프 냄새가 풍기는 프랑스 레스토랑이 보이고 골목을 돌면 기타를 팅가팅가 팅기는 멕시칸 음악이 흘러나왔다. 여러 색의 색종이를 한데 붙인 모자이크 같은 곳이다.

4개월만 있겠다더니 뒤돌아보니 어느덧 5년이 지나 있다. 삶은 늘 계획대로 되지 않고 우연의 연속이라 한다. 때로는 앞이 훤히 보이는 고속도로보다 구불구불한 골목길을 닮았다. 언제 어떤 길이 펼쳐질지 알 수 없다. 노마드 라이프로의 기반 잡기는 계획대로 되지 않았다. 대신 대학원을 다니고 회사에 취직했다. 다음으로는 코로나19가 전 세계를 강타하더니, 국경이 차단되었다. 나는 여전히 한국에서 지냈고, 어느 순간 책을 출간한 작가가 되었다. 또 시간이 흘러 이렇게 또 글을 쓰는 중이다.

한동안 삶을 원망했었다. 참…! 어쩜 이렇게 나를 막을 수 있는 걸까. 전지전능하신 하나님은 어디로 가신 걸까. 어느 방향으로 가도 하늘처럼 높고 바다처럼 거대한 바위가 내 앞을 견고하게 막고 있는 형상이었다. 계획대로라면 나는 파리 19구역에 있는 꽃 학교 들어갔어야 했다. 이론과 실습을 끝내고 플로리스트로서 이미 몇 년간 활동하고 있어야 했다!

나는 이 '어쩌다' 시리즈 중에 가장 큰 영향을 끼친 건 바로 코로나19의 발생이라 생각했다. 국경이 닫히면서 프랑스로 갈 수 없었다. 학교도 잠정적으로 문을 닫았다. 답답함 때문인지 절박함 때문인지 한동안 공중을 날아가는 꿈을 꾸기도 했다. 꿈속에서 가져가야 할 짐과 파리에서의 집 문제를 어떻게 해결해야 하는지를 걱정하기도 했다.

그때 뭔가 잘못되었음을 알았다. 내가 걱정만 하고 있을 때, 코로나 상황을 뚫고 미국으로 어학연수를 간 친구의 언니가 있다. 독일을 오가며 예술 활동을 한 친구도 있다. 그렇다! 이 모든 건 내가 한 선택이었다. 어쩌다 시리즈는 핑계였고, 코로나는 잘 짜인 변명이었다. 그러니까 한국으로 돌아온 것도 결국 나의 선택이었고, 이곳에서 아직 살고 있는 것도 나의 선택이다. 우리는 언제나 최선을 선택한다.

삶은 한 번도 나를 막아서지 않았다. 내 앞에 바위란 처음부터 없었다. 마음만 먹으면 언제든 비행기 티켓을 구할 수 있지 않은가. 나는 어떠한 모험보다 결국 나 자신을 추스르고 보호할 안식처가 필요했다. 이태원은 그런 나를 안아 주었다. 자연이 근처에 있고, 외국인들이 다수 거주하는 곳. 내가 가진 문화와 그리 다르지 않은 이곳에서 스스로를 보호하고 살 수 있을 것 같았나 보다. 어쩌다 이태원이 아니라, 이태원은 나를 위한 필연의 장소였다. 다시 이태원이다.

3
치유

"천천히 삶을 즐겨라. 너무 빨리 달리면 경치만 놓치는 것이 아니다.
어디로 가는지, 왜 가는지 하는 의식까지 놓치게 된다."
-에디 캔터-

세상이 보기 싫어
눈을 감으니
다른 세상이 보인다.

호흡을 부여잡고
부표처럼 생각 띄우기를 반복하지만
여전히 거머리처럼 밀착해 있는 상념들.

어쩔 수 없다.
크게 한숨을 내어, 내 안에 빈자리를 내준다.
이내 어느덧 사라지는 상념들.
그 자리에 잔잔한 쉼이 들어선다.

인생에 극적인 전환점이 찾아올 때,
나는 어떻게 대처할 수 있을까?
찰나에 일어나는 일들에 정답을 내어놓지 못할 때
크게 한번 숨을 내쉬어 보자.

시간이 나를 치유하고,
공간이 나를 돌본다.
세상이 내게 숨을 불어 넣는다.

그리우면 그리워하고
울고 싶으면 울고
그 사이 어딘가를
바라보고 싶으면
또 그리하면 된다.

어느 하루
소스라칠 때
쉬어가기를 하자.

이사벨라 비숍

공간을 기록하는 일은 순간을 간직하려는 몸부림이다. 나를 돌보는 일이다. 〈조선과 그 이웃 나라들(Korea and Her Neighbors, 1897)〉은 영국 작가 이사벨라 비숍Isabella Bishop의 기록물이다. 책에는 1800년대 말 당시 한국의 상황이 기록되어 있다. 왕과 왕후를 비롯해 여러 계층의 사람들과 그들의 생활상이 묘사되어 있고, 중국, 러시아, 일본과의 관계도 자세히 서술되어 있다.

그중 한국의 동물과 자연에 대한 글이 인상적인데, 당시엔 호랑이와 표범을 서울에서 쉽게 볼 수 있었다고 한다. 지금은 상상하기조차 힘든 광경이다. 강아지에 대한 글도 흥미롭다.

그녀에 의하면 한국의 개들은 늘 담황색을 띠고, 털이 길었다. 스코틀랜드에서 양을 지키는 개들의 모습과 흡사하단다. 삽살개를 두고 하는 말인 듯하다. 닭은 나는 힘이 대단하고, 거위는 성실의 상징으로 결혼식 선물로 제공되었다는 코멘트도 있다. 남산에서 본 서울은 아름다운 도시였다. 한강변에는 금모래가 가득하고, 강은 수정처럼 맑았다. 글을 읽으며 나는 그녀는 어쩌면 한국이 아닌 자신의 시간을 기록하고 있었는지도 모른다는 생각이 들었다.

60대의 나이에 외국을 방문하며 기록을 멈추지 않는 삶. 100년이 훌쩍 넘어 그녀의 글이 한국의 독자들에게 읽힐 것이라는 상상을 했을까? 하나라도 놓칠세라 방문한 장소와 사람들, 자연, 풍습을 세세히 묘사했다. 그녀는 그렇게 누구보다 열정적으로 자신을 돌보고 있었다. 글을 쓰는 사람으로 살며 그녀가 채웠을 노트와 펜을 잡은 손, 종이 위에 사각거리며 써나갔을 시간을 상상해 본다. 서술과 쉼표, 마침표와 느낌표 사이 그녀의 호흡이 느껴진다.

해외에서 지낼 때 일본이나 중국에 관한 책을 종종 볼 수 있었다. 한국에 관한 책도 있었으나 적었다. 지금은 K 문화에

대한 외국인의 관심이 높아지고, 국가 주도하에 번역된 한국
문학이 많아 과거보다 눈에 많이 띈다.

이태원에 대한 글을 쓰며 이사벨라 비숍을 떠올려 보았
다. 내가 사는 공간을 그녀처럼 열정적으로 묘사할 수 있을
까? 머물렀던 곳에는 이야기가 있고 역사가 생긴다. 나와 너
의 시간이 있고, 꿈과 희망, 실패와 좌절, 치유와 성장의 이야
기가 있다. 호기심 어린 눈으로 이태원 이곳저곳을 걸어본다.
100년이 훌쩍 지난 지금 그녀가 보았을 남산 아래 서울이 보
인다. 호랑이와 표범, 한강변의 금모래 대신 촘촘하게 채워진
아파트와 콘크리트 건물들이 있다. 서울은 그동안 많이도 변
했겠다. 그러나 반짝이는 한강, 멀리 도시를 둘러싼 수락산과
인왕산 그리고 북한산은 그때나 지금이나 여전하지 않을까.

이곳에서의 생활을 기록하며 많은 기억을 떠올린다. 처음
한국으로 다시 돌아왔을 때이다. 우연한 기회에 옻칠과 나전
칠기를 소개하는 영어 다큐멘터리 제작에 참여했다. 천연재
료인 옻과 조개로 만드는 한국의 전통예술이다. 섬세한 장인
의 손에 의해 태어난 예술품이 색색의 빛으로 반짝일 때의
아름다움이란! 한국의 미는 그것만이 아니다. 못 하나 없이

짓는 전통 방식의 한옥, 닥나무로 만드는 한지, 자연에서 얻은 섬유로 만든 한복. 다큐멘터리 제작에 참여하며 한국 전통예술의 깊이와 아름다움을 가까이에서 체험할 수 있었다.

외국에 나가면 애국자가 된다. 맞다. 몬트리올에서 행인이 "Hello! Are you from North-Korea?"라는 말에 발끈해서 "No! I'm from South-Korea, stupid!"라고 대답한 적이 있다. 한국이라는 나라를 아는 것도 당시에는 지식인처럼 보일 때였다. 북한에서 왔냐는 질문에 괜히 화를 냈었다. 외국인의 입장에서는 내가 동양의 어느 나라에서 왔는지 알 리가 없고, 한국의 남쪽에서 왔는지, 북쪽에서 왔는지 상관없는 경우가 대다수다. 그들에게는 오히려 북한이 더 익숙한 나라이기도 하다.

그 일을 계기로 외국인 친구들의 질문에, 한국에 대해 자세히 설명하는 일이 잦아졌다. 그동안 별 관심을 두지 않던, 한국의 역사와 지리, 전통과 관습에 관한 것들이 대부분이다. 그런 내가 마치 한국을 대변하는 민간 외교관 같지 뭔가. 어쩌다 한국에 있는 가족을 방문하면 경복궁, 창덕궁 같은 역사적인 곳을 꼭 둘러보곤 했다. 미리 작성한 한국 음식 리스트를 하나씩 체크하며 먹기도 했다. 외국에서 지내면 그동안 무심히 지나쳤던 것들의 소중함을 알게 된다. 한국에 관한 것을 세세히 알아가는 계기가 된다. 그러니 나는 지금 내가 사는 이 공간을 마음껏 탐구하고 사랑하련다. 시간이 흘러 이곳을 떠나더라도 생생하게 남을 기억들. 이태원에서 함께한 나의 순간들을 기록으로 남기는 중이다. 나를 돌보는 중이다. 이사벨라 비숍 여사처럼.

남매국밥집

"오늘 하루도 잘 마무리하세요." 남매국밥집의 인사말이다. 초겨울, 경리단 길을 걷다 새로 생긴 음식점을 발견했다. 3년 전, 오픈한 지 며칠도 안 되었던 날이다. 격자무늬 나무로 장식된 인테리어가 정갈하고 편안해 보였다.

내부는 그리 크지 않다. 주방과 연결된 아일랜드 바 테이블과 창가에 4인용 테이블 하나가 다다. 바는 ㄴ자 모양으로 10명이 나란히 앉을 수 있는 구조이다. 그중 한자리에 걸터앉아 '남매국밥, 안 매운맛'을 주문했다. 돼지국밥은 사실 내가 좋아하는 음식은 아니다. 대학생 시절 국밥을 처음 접했다. 당시 그 국밥 속 고기가 돼지고기였는지 소고기였는지 모르겠으나, 역한 냄새에 숟가락만 만지작거렸다. 그 후 몇 번의 시도에도 역시나 실패였다.

그런데 왠지 이 집은 달라 보인다. 식당에 들어서도 돼지고기 특유의 냄새가 나지 않는다. 주문한 음식이 나오고 한 숟가락 국물을 떠보니 깔끔하고 고소한 맛이 난다. 혼자 먹어서 왠지 머쓱했지만, 끝까지 굴하지 않고 먹었다. 나 말고도 혼밥 하는 사람들이 많았다. 계산을 마치니 주인이 말한다.

"감사합니다. 오늘 하루도 잘 마무리하시고요!"
'감사합니다. 또 오세요.'가 아닌 새로운 인사다. 내가 산 하루를 잘 마무리하라니. 마치 내 삶을 훤히 들여다보는 듯한 인사말이다. 당시 나는 매일 무슨 일이 있어도 나를 존중하고 돌보며 살아가는 것이 목표였다. 계획한 일을 성실히 수행하고, 매일 나를 격려하고 칭찬하며 살기. 그동안 방치했던 나를 위해 나와 한 약속을 지키며 살아가는 중이었다. 하루하루가 나에게는 감사했지만 넘어야 할 산 같기도 했다.

젊은 주인의 인사에 "네, 감사합니다."라고 답을 하고는 그날 하루를 돌아보았다. '나는 오늘 잘 산 걸까?' 그리고 이내 당장의 가시적인 결과는 없어도 충실히 하루를 잘 살아낸 나에게 고맙다 인사했다.

'그래, 오늘도 잘 살아줘서 감사해. 미영. 수고했어.'

돌아보니 주인은 동글동글한 얼굴에 동그란 미소를 짓고 있었다.

몇 개월 뒤 다시 찾은 국밥집. 벽에 사진이 걸려있다. 존경하는 김혜자 선생님이 방문하였나보다. 그녀만의 온화한 미소 가득한 사진이 사인과 함께 걸려있다. 남매국밥집 주인과 함께 찍은 모습이다. 그녀의 빛나는 미소를 보고 있노라니(실제 금니가 반짝였던 것 같다) 내 입가에도 자연스레 미소가 그려졌다. 드라마 밖으로 나와, 하루를 산 나에게 열심이었든 아니었든 '오늘'을 살아냈으니 충분하다고 말하는 듯하다.

내 삶은 때론 행복했고
때론 불행했습니다.

삶이 한낱 꿈에 불과하다지만
그럼에도 살아서 좋았습니다.

새벽에 쨍한 차가운 공기

꽃이 피기 전 부는 달큰한 바람

해 질 무렵 우러나는 노을의 냄새

어느 하루

눈부시지 않은 날이

없었습니다.

지금, 삶이 힘든 당신,

이 세상에 태어난 이상

당신은 이 모든 걸

매일 누릴 자격이 있습니다.

대단하지 않은 하루가 지나고

또 별거 아닌 하루가 온다 해도

인생은 살 가치가 있습니다.

후회만 가득한 과거와

불안한 미래 때문에

지금을 망치지 마세요.

오늘을 살아가세요.

눈이 부시게

당신은 그럴 자격이 있습니다.

누군가의 엄마였고, 누이였고, 딸이었고,

그리고 '나'였을 그대들에게

-김혜자 선생님이 출연한 드라마 속 독백-

창수린

그리웠다. 창수린이. 나의 시절이.

"제가 전에 이 근처에 살았었거든요. 사장님이 그때 이 식
당 오픈하셨을 거예요."
주문을 하고 기다리던 중 주인아저씨께 살짝 말을 건넨다.
"그때 태국 음식이 먹고 싶을 때 가끔 왔었어요."

날씨가 좋아서 남산도서관에서 15분 정도 걸어 내려왔다.
멀리서도 눈에 들어오는 연녹색 간판. 조금 낡아버린 코끼리
이미지가 있는 것이 예전 간판을 아직 사용하고 있었다.

"아! 그런가요?"

주인아저씨는 일면식도 없는 내게 너무나 반가운 듯 함박웃음을 지어 주신다.

"네네, 그때는 그랬는데…. 여기도 좀 변했나요? 건너편이 좀 조용해지긴 한 것 같네요."

시멘트 담벼락으로 가려진 미군 부대를 가리키며 말했다.

"사장님, 저기 미군 부대에서 아직도 미군들이 근무하나요?"

"아니요, 벌써 평택으로 다 이전했죠. 다 떠나고 이제 공터로 남아있어요. 벌써 몇 년 전 일이죠."

주인아저씨에 의하면 처음 음식점을 열었을 때는 포장^{Take-out} 주문이 많았다고 한다. 또 근처에 미국인들이 많이 살아서 미국인 손님들도 많았다고 한다. 그러고 보니 후암동에 살았을 적만 해도 외국인, 특히 미국인 이웃이 많았다. 창수린에서도 종종 음식을 포장해 가는 미군들을 볼 수 있었다.

"아저씨, 저 그때 태국 음식이 그리울 때마다 왔었어요.

아주머니 솜씨가 대단하시잖아요."

창수린의 요리사는 태국 현지 아주머니다. 한국인 남편과 태국인 아내가 함께 운영한다. 손발이 척척 맞는 부부의 정성이 편안한 집밥 같은 맛을 만든다. 먹는 내내 잊고 지냈던 익숙한 태국향에 마음도 편해진다.

사실 나는 캐나다가 그리웠다. 2001년 한국을 떠나 캐나다로 갔다. 아무리 피자를 좋아하고 스파게티를 자주 먹었어도, 25년간 한국인으로 산 입맛을 하루아침에 바꾸기란 쉽지 않았다. 그때 먹었던 음식이 태국볶음밥이었다. 고슬고슬하게 볶은 흰밥에 매콤한 고추와 튀긴 듯한 달걀후라이까지. 한국의 맛과 흡사해서 초반 캐나다 적응기에는 매일 먹다시피 했다. 후식으로 먹었던 버블티는 또 어떤가. 말랑말랑 쫄깃하게, 씹히는 맛이 가득했던 타피오카 펄과 달콤하고 시원한 밀크티. 같은 동양국에서 온 음료라는 것 하나만으로도 위안이 되었던 시절이다. 한 모금 입에 물고 웅얼거리며 친구들과 수다 삼매경에 빠졌던 그때 그 시절의 나와 친구들, 그 시간이 고향처럼 그리웠다.

창수린에 온 미군들도 각자의 고향 같은 시절을 그리워했으리라. 미국 어디에선가 함께 했던 태국의 향이, 그 시간이 그리웠으리라.

미군 부대가 있었던 건너편 담벼락 너머는 이제 공터로 남아있다. 확실하진 않지만 이후 미국대사관이 들어설 수 있다고 한다. 이 지역이 지금은 후암동으로 칭해지긴 하지만 오래전(조선시대)에는 이태원이라 불리던 곳이다. 그러니까 이태원이었던 이곳이 세월이 지나며 지금 우리가 알고 있는 이태원으로 옮겨지고, 대신 후암동(厚岩洞)이라는 명칭을 가지게 된 셈이다. 후암동은 과거에 큰 돌이 있었다하여 지어진 이름이라 한다.

이곳에는 어릴 적 시골에서나 보았던 문패가 걸려있는 집들이 많다. 그래서인지 후암동은 마치 서울 한복판에 있는 시골 같은 느낌이다. 이 조용한 시골 동네가 북적일 때가 있는데 바로 설날이나 추석 같은 큰 명절 때이다. 전 국민이 고향으로, 혹은 해외로 떠나 서울이 텅 비었을 때, 이곳만은 특유의 분위기로 들뜬다. 골목길은 주차장을 방불케 할 정도로 차가 들어차고, 인기척이 없던 집에서는 대문 밖까지 웃음소리가 들린다. 마치 도시에서 성공한 자녀들이 멋진 차를 끌고 고향집을 방문한 듯한 풍경이다. 따뜻한 시골 정취가 서울 한복판에 흐른다. 이후 알게된 사실을 덧붙이자면 이곳에는 과거 일제 강점기에 지어진 집이 많다고 한다. 그러니까 그 시절부터 살던 어르신들과 후손이 있고, 또 그들의 후손이 명절을 맞아 고향인 후암동으로 오는 격이다.

미국인들과 한국인들이 공존하던 곳. 미군 부대가 평택으로 이전하며 후암동에 살았던 미국인들도 떠났다. 태국 음식점 창수린은 이제 한국인 손님들이 다수다. 10년이 지나 다시 찾은 곳. 맛은 그대로인데 사람들이 바뀌었다. 그들은 또 어떤 그리움으로 후암동 창수린을 찾았을까?

초록 지붕 집 앤Anne of Green Gables

앤이 그곳에 있었다. 4년 전 어느 봄날 아침 산책을 시작했을 때다. 어릴 적 동화 속 앤을 만난 건 우연이다.

"앤, 앤, 초록 지붕 집 앤 셜리!"

지내는 곳에서 조금만 올라가면 남산이다. 남산을 산책하다 볼록하게 올라와 아치 모양으로 펼쳐진 나무다리를 발견했다. 다리를 중심으로 아름드리 벚나무, 밤나무, 또 다른 이름을 알 수 없는 나무들이 가득하다. 그 풍경이 마치 앤이 등장하는 만화 속 한 장면으로 걸어 들어간 듯했다. 다리는 열 걸음만 걸으면 이쪽에서 저쪽으로 건널 수 있을 정도로 짧고 아담하다. 나는 이 다리를 잘 안다. 매번 나도 모르게 콧노래를 부르며 건너곤 했는데….

"음 음 음 음 …"

제목은 알 수 없으나 경쾌하고 가벼운 노래다. 다리 중간쯤에 다다르면 양팔을 벌리고는 괜히 빙그르르 한 바퀴 돌아보기도 할 정도로 기분 좋은 산책코스다. 고개를 들면 키 큰 나무들이 빽빽하니 숲은 온통 초록으로 반짝거렸다. 시원한 바람이 쏴하고 불면 초록 나뭇잎들이 흔들흔들 경쾌한 춤을 추기도 했다.

그러던 어느 날, 그곳에 앤이 있었다. 양 팔꿈치를 난간 위에 올리고는 무심한 듯 턱을 괴고 있다. 지그시 눈을 감고 콧노래를 흥얼거리는 모습이 영락없다. 초록 지붕 집 앤, Anne of Green Gables! 철자 E로 끝나는 앤 Anne! 앤이다! '앤을 이곳에서 만나다니!'

4월의 남산은 벚꽃이 한창이다. 숲은 온통 올록볼록, 동글동글한 연분홍색 꽃잎으로 장식된다. 벚꽃잎은 종잇장보다 얇고 끝은 물결치듯 리듬감이 좋다. 수채화 물감이라도 떨어진 듯 진한 분홍색에서 점점 더 하얀색을 띠고, 송이송이 솜사탕이 피어나는 듯한 모습이 마치 눈꽃 세상에 들어온 듯 눈이 부시다. 연하고 산뜻한 벚꽃 향기에 취해 덩달아 기분이 좋아진다.

하루는 벚나무를 지나는데 바람이 불더니 벚꽃잎이 우수수 떨어졌다. 꽃잎이 바람을 타고 이리저리로 흩날리다 어느 순간 발밑으로 모여들더니 소용돌이를 치며 양탄자를 만들고 나를 감싼다. 몸이 두둥 공중으로 올라가고 꽃잎에 둘러싸여 뱅글뱅글 돌며 춤을 춘다. TV 속 앤이 춤을 춘다. 앤은 봄마다 여기에 있었나 보다. 이번엔 나도 한번 뱅글뱅글 도는 상상을 해본다.

캐나다에서 지낼 때 친구들과 동쪽 끝으로 차를 몰고 여행을 했다. 트르와 리비에르Trois-Rivières, 퀘백Québec시, 누보 브론즈윅Nouveau-Brunswick, 세인트 존Saint-John 그리고 피이아이PEI, Prince Edward Island를 방문하는 코스였다. 열흘 동안 서로 번갈아 운전하며 길 따라 오른쪽으로 펼쳐진 생 로랑강fleuve Saint-Laurent의 일출과 석양을 함께 했다. 모든 여정이 설레고, 가는 곳마다 꿈같은 경치였다. 이렇게나 아름다운 지구에 살고 있었다니!

PEI로 앤을 만나러 가는 길은 설렘 그 자체였다. 어릴 적 책과 TV 속에서만 보던 앤이 살던 마을과 집과 숲을 방문하다니! 입구에 도착하니 멀리 초록 지붕 집이 보이는 듯했다. 주차장에서 앤의 집까지 꽤 멀었다. 드넓은 초원도 지나야 했다. 앤을 빨리 보고 싶은 마음에 발걸음이 급해졌다. 앤이 살던 초록 지붕 집에는 어떤 향기가 날까. 눈의 여왕님은 아직 계실까. 마릴라 아주머니의 키친에는 어떤 티세트가 있을까. 앤은 여전히 턱에 양손을 괴고 반짝이는 호수를 바라보고 있을까. 마침내 초록 지붕 집에 도착했다. 집 안 여기저기를 구경했다. 그러나 그 어디에도 앤은 보이지 않았다.

앤은 자취만 남긴 채 어디론가 떠난 듯했다. 어디로 간 걸까. 그때 나는 끝내 앤을 만나지 못하고 발길을 돌렸다. 이후 초록 지붕 집 앤을 잊고 살았다. 그랬는데…, 20년이 훌쩍 지난 어느 봄날, 앤을 만났다. 이태원 위 숲속에서. 아치 모양 나무다리 위에 턱을 괴고 있는 앤이라니. 앤은 그 옛날 호기심 가득한 모습 그대로였다. 상상 속 세상을 즐기던 사랑스러운 그 모습 그대로….

"어머나! 앤, 여기 있었구나! 앤, 너 캐나다가 아니라 여기 있었구나!"

앤은 그 특유의 똘망똘망한 눈으로 나를 바라보더니, 금방이라도 까르르 웃으며 나에게 달려올 것 같았다. 예전에 부러 찾아갔을 때는 없더니 이제야 내게 나타나다니!

"그때는 네게 내가 필요하지 않았어. 그리고 이걸 기억했
으면 좋겠어. 삶은 원래 아픈 날도 있고 즐거운 날도 있다는
걸. 어떻게 모든 순간이 즐겁고 행복하기만 하겠어. 그래도
난 모든 순간이 언제나 기대돼. 언제나 초록색 지붕에서 보던
호수처럼 반짝반짝 빛나거든!" 앤이 속삭이는 듯했다.

사람은 과거의 기억으로 만들어진다. 누군가는 과거를 잊
어버리고 살라고 한다. 무슨 말인지는 알겠다. 안타깝게도 과
거는 그리 쉽게 잊혀지지 않는다. 좋은 일, 행복했던 일, 뿌듯
했던 일, 서운했던 일, 부끄러운 일 등등. 우리의 과거는 갖가
지 일들로 가득 차 있는데 그런 과거를 잊으라니. 과거를 바
꿀 수는 있다. 시간이 지난 지금 그때를 어떻게 해석할지가
관건이다. 모두 내 마음에서 비롯된다. 앤이 또 말한다.

"과거는 고마운 경험이지. 지금의 너를 있게 했으니까. 과
거를 어떻게 받아들일지가 중요해. 나쁜 생각만 고집하려 드
는 건 바보 같은 일일 거야. 그러면 인생이 너무 따분해지는
걸! 지금부터가 중요하다고 생각해. 난 신나고 재미있는 인생

을 살거야! 그러면 과거도 바뀐다고 눈의 여왕님이 그러셨어!
너도 내 생각과 같지 않니?”

루프탑 카페에서

주위에 국제결혼을 한 커플이 많다. 프랑스와 캐나다 등 여러 커뮤니티에서 교류를 하다 보니 자연스레 외국인 친구들이 많다. 한국인과 결혼한 외국인도 있고, 한국지사로 발령이 난 외국인 커플들도 있다. 나의 경우도 그랬다. 프랑스인 남편과 함께였다. 국적이 다른 만남은 여러모로 힘든 점이 많다. 수십 년을 다른 국가, 다른 문화 속에서 살았으니, 말하지 않아도 뻔한 이야기다. 특히 한국인과 결혼한 커플이 더 그렇다. 극명히 다른 동서양의 문화적인 차이로 오는 다툼이 종종 있기 때문이다. 사람들은 헤어진 이유를 종종 묻곤 했다. 어떻게 대답해야 할까? 나의 이유와 그의 이유는 다를 것이기 때문에 뭐라 선뜻 대답하기가 쉽지 않다. 함께 할 수 없어서 헤어졌다. 어쩔 수 없는 선택도 있다.

"더 이상 이렇게 살고 싶지 않아!"

하늘이 가까운 이태원의 한 루프탑 카페에서 친구가 말을 토해낸다.

다소 격양되었으나 그의 목소리에서 화보다는 슬픔이 묻어났다. 관계에서 느끼는 외로움이 느껴졌다. 아이들의 엄마인 아내와 헤어지는 일은 그리 쉬운 일이 아니다. 그러나 그러고 싶다고 한다.

"그래, 힘들겠다, 정말 힘들 것 같은데…. 그렇지만 다시 생각해 봐. 그게 꼭 정답이 아닐 수 있으니까." 먼저 헤어져 본 내가 말한다.

아이가 있는 상황이라면 헤어짐에 대해서는 더 신중해야 한다는 게 나의 입장이다. 그의 이야기를 듣자 하니 안타까움이 느껴졌다.

주위 외국인 지인들이 한국으로 온 이유는 다양하다. 한 친구는 남편의 직장 때문에 계획에 없던 한국행을 했다. 다른 친구는 한국에 있던 친구를 방문했다가 한국인과 사랑에 빠져 결혼했다. 또 다른 친구는 외국에서 한국인 여자 친구를 만나 사귀다 그녀가 한국으로 돌아가자 따라왔다. 모두 우연한 기회에 한국과 인연이 된 경우다. 우리의 인생은 이렇게 예측 불가한 우연으로 가득하다.

한참 친구의 이야기를 듣고 있는데 갑자기 오른쪽에서 빛이 보이기 시작한다. 고개를 돌리니 하늘이 온통 황금색이다. 태양 주위로 황금물결이 춤추더니 잠시 뒤 주황색, 붉은색으로 탈바꿈하고 있었다. 눈앞에서 펼쳐지는 황홀한 장관에 누가 먼저랄 것도 없이 사람들이 카메라 셔터를 눌렀다. 옆 테이블 손님도 카메라로 하늘을 담기에 여념이 없다. 온 도시에 펼쳐지는 노을 풍경을 모두 넋을 잃고 감상 중이다. 어느새 우리가 나누었던 말이 물거품처럼 사라져 버렸다. 이 세상에 힘든 일이 뭐 있기나 하냐는 듯, 경이로운 자연의 그림 앞에서 모두 할 말을 잃었다. 방금 전까지 가슴을 짓눌렀던 무거운 삶의 주제는 일몰 속으로 사라지고 있었다.

살다보면 행복한 순간이 있듯이 실망스러운 순간(불행이라 칭하고 싶지 않다)이 생기기도 한다. 그러나 우리에게는 이겨낼 힘이 있다. 이렇게 잠시라도 아픔을 잊고 행복을 만끽하기도 하니 말이다. 삶은 언제나 아프기만 하지는 않다.

친구에게 말했다.

"저기 저 집들이 보이지? 모두 다 무슨 사연들이 다 있을 거야. 그렇지만 매일을 살아가잖아. 그러니 너도 일단은 오늘을 살아봐. 지금이 그 첫 번째 날이고. 와이프한테서 나쁜 점 말고 좋은 점을 하나씩 찾아보면 어때? "

대단한 조언가처럼 친구에게 훈수를 드는 듯하나, 누구보다 잘 안다. 나 자신에게 하는 말임을.

루프탑 아래로 보이는 집들은 장난감처럼 작다. 골목길을 횡단하는 사람들의 모습도 인형처럼 귀엽다. 하지만 안다. 그들의 삶은 매우 현실적이고 생생할 것을. 멀리 떨어져 보니 옅어 보이는 게 우리가 사는 세상이다. 그러니 삶이 버겁고 힘들 때 루프탑에서 세상을 바라보자. 날것의 세상을 잊고 잠시라도 미화된 세상을 볼 수 있을테니. 인생은 가까이서 보면 비극이고 멀리서 보면 희극이라 하지 않은가.

"힘들면 이곳으로 와. 가끔은 진지했던 세상을 가볍게 볼 수 있잖아. 그럼 속상했던 마음이 조금은 사그라지더라." 갓 튀겨져 따끈따끈한 프렌치프라이를 베어 물며 내가 말했다.

친구가 화를 내는 프레임 밖으로 벗어났으면 하는 바람이었
다. 문제가 있다면 먼 곳으로 떨어져 영화를 보듯 본다. 미처
못 보았던 나와 상대의 모습이 보인다.

고개를 돌려 하늘을 보니 핑크색 물감이 진하게 퍼진다.
지금까지 살아오면서 그리도 많은 노을을 보았을 텐데, 핑크
색은 처음이다. 이제야 하늘이 보인다.

전깃줄

능소화가 담쟁이처럼 늘어진 8월. 이태원 골목길에 추적추적 비가 내린다. 어제부터 일본을 지나 한국에도 태풍이 상륙한다고 떠들썩하다. 피해가 없도록 준비를 단단히 하라는 재난문자가 하루에도 서너 번은 온 것 같다. 평소대로 아침 산책을 하러 나갈까, 고민이 되긴 했다. 이내 빗속을 산책하는 재미도 있겠다 하며 우산을 챙겨 밖으로 나갔다.

입추에 들어서인지 아침 공기가 이틀 전부터 시원하다. 습도 높은 가을바람이 우산 아래로 들이친다. 우산을 들어 바람을 만끽하는 것도 잠시, 앞에 있는 전봇대에 시선을 멈춘다. 주렁주렁 실타래처럼 엉켜있는 고압 전선들. 가느다란 전봇대가 감당할 수 있을까 할 정도로 두껍게 둘둘 말려있는 케이블 다발이 심상치 않게 보인다. 케이블 선은 근처에 있는 다른 전봇대로 이어지거나, 건물로 이어져 있다. "고압 전선 주의"라 써있는 노란색 표시판을 달고 있기도 하다. 매우 위험하다는 신호이다. 가까이 가거나 손을 대면 안 될 듯 하다. 그런 전선들이 가끔 무심히 뚝 하고 잘려져 땅을 향해 직선으로 대롱대롱 늘어져 있기도 하다. 그런 전선 아래로 지날 때면 가슴을 졸이게 된다.

비가 오는 날이면 더더욱 그렇다. 잘린 전선 아래로 맺혀 있는 물방울이 김창열 선생님의 물방울처럼 청량하거나 영롱해 보이지는 않는다. 서정적이지도 낭만적이지도 않다. 다행히 한 번도 고압 전기에 감전되는 사고를 입은 적은 없다. 그러나 비 오는 날 아무렇게나 똬리를 틀거나 잘려있는 전선을 보노라면 늘 마음이 불안정하다. 어지러운 전선 아래를 재빨리 지나 산책을 이어간다.

비가 오고 입산이 통제되면, 동네 골목길을 걷는다. 그동안 가보지 못했던 새로운 골목길을 여기저기 둘러본다. 언제부터인가 비도 좋아졌다. 아마 4년 전쯤 어느 날부터 걷기를 시작하면서일 것이다. 매일 걸었다. 해방촌, 경리단길, 소월길, 남산 등. 맑은 날에도, 흐린 날에도, 더워도, 추워도 걸었다. 비 오는 날에도 걷다 보니 빗속을 걷는 것이 익숙해졌다. 시원하고 오히려 기분이 가벼워졌다. 소낙비, 장맛비, 이슬비, 안개비. 모두 좋았다. 우산을 써야 하는 번거로움도, 우산 사이로 들이치는 빗방울의 시원함도, 청바지 안으로 진하게 스며드는 빗물의 끈적임도 괜찮았다. 우산 속 얼굴을 스치고 지나가는 시원한 비바람이 좋고, 우산의 표면과 마찰하는 경쾌한 비의 리듬 소리도 좋았다. 지면을 튕기고 올라오는 빗방울의 힘찬 생명력이 보이고, 숨을 쉴 때마다 맡는 비내음도, 공기의 선선함도 알게 되었다. 그때부터다. 우중산책을 즐기기 시작한 것이.

비 오는 날은 거리가 한산하다. 인적이 드문 길을 걷다 보면 어느새 나와 대화를 하게 된다. 그동안 외면했던 나와 마주하는 시간이다. 우두둑, 우산 위로 떨어지는 빗방울 소리는 배경음악이 되고, 나는 대화 속으로 깊이 빠져든다.

그렇게 길을 걷다 회나무로41길에 접어든다. 예전에 살았던 곳이다. 풍경이 바뀌었다. 전에 없었던 카페가 여럿 생겼

다. 이태원은 해방 이후 특별한 도시계획이 없이 집들이 들어
섰다고 한다. 그래서인지 긴 골목길을 걷다가도 어느 순간 막
다른 길에 들어설 때가 있다. 무심하게 끊어진 전깃줄처럼 어
느 집 앞에서 뚝 하고 길이 끊어지기도 한다. 그리고 보니 주
렁주렁 이어진 전선들에게도 이곳이 막다른 종착지겠다. 전
봇대에 엉켜있는 전선들이 끝내 찾아가는 곳이 막다른 골목
집이다. 그곳에는 사람 냄새나는 훈훈한 가정이 있다. 비 오
는 날 부침개가 메뉴인지 기름 향이 솔솔 풍긴다. 그러니까
잔뜩 똬리를 틀고 있어도 결국 그렇게 하나씩 제 길을 찾아
가고 있었다. 어찌어찌하여 결국 갈 곳을 찾아가는 우리의
삶과 비슷하다. 어지럽게 늘어져 있는 전깃줄이 오늘은 정겹
게 느껴진다.

4
수용·존중

"병사가 전투를 앞두고 휴식을 취하듯
그대도 쉬게.
하지만 그대의 마음이 있는 곳에
그대의 보물이 있다는 사실을 잊지 말게.
그대가 여행길에서 발견한 모든 것들이
의미를 가질 수 있을 때,
그대의 보물은 발견되는 걸세."
-〈연금술사〉, 파울로 코엘료-

과거의 공간에 서 있음은
존중을 위한 작은 몸부림이다.
수용을 위한 능동적인 용기이다.

다시 찾은 공간에 서늘한 바람이 불어도
덤덤히 마주하여 머무르니
어느덧 따듯한 기운이 온몸을 감싼다.
피식! 하고 헛웃음이 새어 나온다.
그리 어려운 일이 아니었구나.

너를 다시 만난 건
이제는 준비가 되었기 때문이겠지.
보물임을 알기 때문이겠지.

변화하는 이태원

산책 중, 떠나온 장소를 다시 찾았다. 아마도 그리움 때문이다. 차마 끝내지 못한 미련 때문이고. 그도 아니면 여전히 그곳에 남아있는 공기 때문이다. 고향도 아닌데 자주 회귀본능이 일어난다. 살던 장소를 다시 찾고, 가던 곳을 다시 가고, 걷던 길을 다시 걷는다.

'이 길은 내가 걷지 않은 동안에도 충실히 자신의 역할을 하고 있었겠다. 많은 사람을 새로 맞이하고 또 많은 사람을 떠나보냈겠다.' 밤공기가 차가운 겨울, 경리단길에 들어섰다. 옷을 파는 가게들과 몇몇 작은 숍들은 이미 문 앞 셔터를 내렸다. 간간이 지나가는 차와 가로등, 그리고 아직 영업중인 가게만이 거리를 밝힌다.

이곳 경리단 길을 지키는 사람들도 바뀌었다. 과거에는 없었던 대형 커피숍과 대기업 브랜드숍이 보인다. 물론, 로컬 식당과 소규모 숍들이 여전히 자리를 지키고 있다. 그러나 어딘가 모르게 새롭게 달라진 모습이 낯설다. 이 거리 고유의 색깔이 사라진 것 같아 아쉽다.

내가 살던 3층 건물은 프라이빗 럭셔리 부티크로 바뀌었다. 취향과 딱 맞았던 집 앞 식품점은 온데간데없다. 한 면이 통창으로 되어 있어 여름이면 열린 입구 앞 테이블에서 에스프레소 꼼빠니아를 마셨었는데…. 2층에는 이탈리안 식당이 있고, 아래 식품점에는 살라미와 치즈, 올리브와 파스타 같은 식재료가 풍부했었다. 바로 옆 트인 공간에서는 가끔 이름 모를 작가의 작품이 전시되어 있기도 했었는데. 지금은 상큼한 과일 향이 나는 대기업 매장이 대신하고 있다. 에스프레소 향기와 이탈리안 감성은 사라진 지 오래인 듯하다. 맞은편 중국 식당은 여전하다. 예나 지금이나 손님들을 맞이하는 손길이 바쁘다. 식당 처마에 달린 홍등이 오늘따라 유난히 붉게 빛난다. 그리움이다.

경리단길은 그랜드하얏트 호텔 아래 있는 매우 경사진 길이다. 내려가느냐 올라가느냐에 따라 같은 길인데 표정이 다르다. 내려갈 때 못 봤던 풍경을 올라갈 때 보고, 올라갈 때 못 찾았던 숍을 내려올 때 발견하기도 한다. 그럴 때면 "아! 여기구나!" 한다. 보물이라도 찾은 듯, 나도 모르게 기쁘다.

머리카락을 날리는 바람에 언뜻 고개를 돌리면 "와! 이런 곳이 있었어?!"하고 때마침 펼쳐진 장관에 탄성이 나온다. 예전에 다니던 와인숍 앞이다. 주차장 담을 넘어 멀리 남산타워가 한눈에 들어온다. 이런 곳이 있었는데 왜 그때는 못 보았을까.

매번 지나쳐도 못 보았던 장소가 보이는 건 새로운 기억이 생겼기 때문이다. 내가 변했기 때문이다. 관심 없이 지나치던 중국 식당은 어느 날부터 상하이의 그 식당과 닮아 있다. 일렬로 진열된 홍등을 보니 그때 그 상하이의 거리가 생각난다. 식당 안 벽에 걸려있는 그림은 간드러지게 노래를 부르던 상하이의 여인과 닮아있다.

경리단길 건너 이태원 중심지도 변했다. 새로 단장한 듯한 도로는 말끔하고, 미군 대신, 북미, 유럽, 아시아, 중동인들 등 다양한 곳에서 온 사람들로 채워졌다. 사람들은 더 즐겁고 더 밝은 에너지를 풍기고 있는 듯하다. 무채색이었던 상점들은 색색이 옷을 입었고, 레스토랑과 바Bar의 종류가 더 다양해졌다. 이제는 프랑스뿐만 아니라 불가리아, 캐나다, 인도, 태국, 베트남, 이란, 모로코 등과 같은 세계 각국의 음식점이 보인다.

아쉽게도 프랑스인 친구와 함께 갔던 식당은 한국 베이커리로 바꼈다. 내부가 레드벨벳 커튼으로 장식되어 있었던 전형적인 프렌치 비스트로였다. 우리는 물프릿(Moules-frites, 프랑스식 홍합요리)과 와인으로 주 식사를 하고 디저트로 수플레 오 쇼콜라(Soufflé au chocolat, 초코 수플레)와 에스프레소 알롱제(Espresso allongé, 좀 더 긴 시간 뽑은 에스프레소)를 먹었다. 파리의 비스트로나 다름없었다.

시간은 흐르고, 원하든 원치 않든 인생은 변한다. 변화를 수용하는 건 나를 수용하고 나를 존중하는 일이다. 환경이 바뀌고, 함께하는 사람들이 바뀜을 받아들이는 일이기 때문이다. 변하지 않는 건 없다. 변할 수밖에 없다면 변화의 주체가 되고 싶다. 유명 코미디언의 말처럼 "끌려가는 인생이 아니라 끌어가는 인생"으로 주체적으로 내 삶을 바꾸고 싶다. 시간이 걸리더라도 내 속도에 맞게 조금씩 조금씩. 이태원이 그랬던 것처럼!

독일 문화원과 문학 선생님

차 다니는 소월길 산책로 중간쯤 남산도서관에서 200미터 정도 떨어진 곳에 독일 문화원이 있다. 편안한 연두색 로고에 외벽이 유리로 되어 밖에서도 내부가 훤히 보이는 곳이다. 독일 작가 괴테의 이름을 따서 괴테 인스티튜트^{Goethe Institut}라고도 불린다. 명칭에 걸맞게 언뜻 보아도 책장에 책이 촘촘히 꽂혀 있다. 도서관 분위기가 물씬 풍긴다. 소월길 쪽에서 들어간 곳이 8층이고 아래로 강의실과 사무실이 이어져 있다. 매번 지나치다 이날은 어떤 마음인지 선뜻 방문하게 되었다. 그런 날이 있지 않은가? 몇 년을 살아도 발걸음하지 않던 장소를 어느 날 문뜩 방문하는 날. 이날이 그랬다. 아래층으로 가니 시험을 보는 중인지 열린 교실 문으로 고개 숙인 학생들이 보였다.

　방해하고 싶지 않아 다시 8층으로 올라왔다. 책이 진열된 쪽으로 발을 옮겼다. 책장에는 독일어로 된 책들이 가득하다. 간간이 영어로 된 책과 한국어로 번역된 책도 있었다. 얼마 전 다시 읽었던 카프카의 〈변신〉을 발견하고는 반가운 마음에 책을 집었다. 어느 날 아침, 벌레로 변해버린 자신을 보면 어떤 기분일까. 20세기 초에 쓰인 책인데도 100년이 지난 지금의 사회상과 너무도 흡사하다.

　처음 〈변신〉을 알게 된 건 고등학교 때 문학 선생님을 통해서다. 선생님은 체구가 작고 말랐었다. 금테가 드리워진 사각 모양 안경 너머로 푹 들어간 눈과 까만 눈썹이 인상적이었다. 예민하고 날카로웠으나, 신경질적인 성격의 소유자는 아니었다. 선생님에게는 흥미롭게도 어린아이 같은 순진한 눈빛과 미소가 있었다.

　가늘고 긴 손가락에는 늘 하얀 분필이 힘없이 쥐어져 있었는데, 분필 가루가 번져 지저분하고 참 건조해 보였다. 나는 선생님 손에서 힘없이 달랑거리는 분필이 혹여 떨어질세라 늘 신경이 쓰였으며, 대학 시험에 아무런 도움이 될 리 없는 문학 수업을 들어야 한다는 게 귀찮을 정도였다. 그도 그럴 것이, 대학 필수 시험 과목인 국어 시간이 따로 있었기 때문이다. 사립학교의 재량일 수도 있었다. 내가 다니던 학교에는 무용 시간, 국악 시간, 한복을 입고 전통 예절 교육을 가르치는 특별 프로그램 같은 것들이 있었다. 지금 생각해 보면 커리큘럼이 참으로 풍성한 곳이었다. 그러나 당시 나는 국립학교와 다른 그런 교과 과정이 이해되지 않았다.

다시 문학 선생님 이야기로 돌아오면 선생님은 피부가 까무잡잡했고, 단벌 신사였다. 늘 베이지와 황토색 중간쯤 되는 색의 수트를 입으셨다. 전체적으로 잘 정돈된 긴 커트 머리를 하였는데 유독 긴 앞머리가 서양인처럼 푹 들어간 눈을 찌르기도 했다. 그럴 때면 선생님은 분필을 든 손으로 머리를 쓸며, 괜히 안경 너머에 있는 우리를 뚫어져라 보곤 했다. 무언가 대단한 비밀 이야기라도 할 듯한 장난스런 눈이었다. 그때마다 나는 기대가 되어 고개를 꼿꼿이 들고는 웃음이 새어 나는 듯한 선생님의 입에 집중했다. 까만 눈동자를 뚫어져라 쳐다보았다. 그러면 선생님은 가느다란 엄지와 검지로 안경다리를 잡고는 이렇게 말하셨다.

“너희들, 그냥 아무 생각 없이 살면 안 된다. 이 세상은 그 렇게 아름답지만은 않아~.”

머리가 이미 커버린 듯, 우리는 선생님이 또 쓸데없는 말씀을 하신다며 듣는 둥 마는 둥 한다. 그러면 선생님은 또 그 특유의 표정으로 피식하고 웃음을 흘리고는 잠시 우리를 바라본 뒤 책 속으로 시선을 돌리곤 하셨다. 그 웃음의 끝에는 ‘너희들 중, 내 이야기를 이해하는 아이가 있기는 하니?’ 라고 말하는 듯 뭔가 의미심장하기는 했다.

한번은 선생님이 그러셨다. 이번에는 짝다리로 서서 왼손은 허리춤에 오른손은 책을 펼쳐 든 자세다.

“얼마 전에 내가 독일에 다녀왔지. 그런데 베를린은 참 재미있는 곳이더라고. 화려하기만 할 줄 알았는데, 도시 골목은 어둡고 지저분했어. 같이 간 사람들이 깨끗한 건물과 멋들어진 풍경을 찍을 때 나는 지저분한 골목과 더러운 벽을 찍었어. 쓰레기가 널브러져 있고 가끔 쥐도 지나가더라고. 참 재미있지 않나? 한번은 또 다른 골목을 찍고 있는데, 골목 안에 어떤 남자가 쭈그리고 앉아 있는 거야. 그러더니 나를 보고 막 달려오는 거야. 나를 때리려고 그러는데, 무섭더라고. 키도 크고 덩치도 있었으니까. 그런데 그 순간까지도 카메라 셔터를 눌러댔지. 나 독일에서 맞아 죽을 뻔했었다. 하하하. 너희들~, 부조리에 대해 잘 생각해 봐."

이게 도대체 무슨 말인지. 괴짜 같은 구석이 있는 선생님의 말씀을 귀담아들은 학생이 얼마나 있었는지 모르겠다. 순간 또 선생님의 얼굴에 드리워진 어린아이와 같은 환한 미소와 아이처럼 신나는 목소리를 알아차린 학생들이 얼마나 있었을까.

당시 나는 선생님의 들뜬 모습을 보며 생각했다.
'선생님이야말로 순수성을 잃지 않은 몇 안 되는 어른일 수 있겠구나!'
작고 마르고 이해할 수 없는 말을 늘어놓았던 문학 선생님. 나에게 '프란츠 카프카'라는 독일 작가를 알려 주었던 선생님. 〈변신〉이라는 책을 알려주었던 선생님. 선생님을 통해 처음 이 책의 줄거리를 들었을 때 작가의 창의적인 발상에 감동했다.
'사람이 벌레로 변한다는 발상이라니!'

어떤 학생들에게는 쓸데없는 이야기만 늘어놓던 선생님으

로 기억되었을 수 있다. 그러나 나는 순수한 어린아이 같았던 선생님의 진지했던 모습이 기억난다. 안경 너머 깊고 초롱초롱 빛나던 눈빛과, 끝까지 지적 순수성을 탐구하는 듯한. 그런 선생님의 모습이 아직도 생생하다. 베를린의 어두운 골목을 찍으며 뿌듯해하고, 세상은 그렇게 아름답지만은 않다고 말하며 웃음 짓던. 아마도 선생님은 지저분하고 흐트러진 곳이야말로 우리가 인정하고 직면해야 할 현실이고 외면하지 말아야 할 세상이라고 말하고 싶었던 것이 아닐까. 기억의 한 조각으로 남아있던 문학 선생님. 오늘 방문한 독일 문화원에서 문득 그가 떠올랐다.

집

LGBT는 성소수자 중 레즈비언Lesbian, 게이Gay, 양성애자Bi-sexual, 트랜스젠더Transgender를 합하여 부르는 단어다. 경단녀, 계약직처럼 사회적 약자를 카테고리별로 분리하여 부르는 것이 불편하나 대중적으로 통용되는 용어이므로 안타깝게도 무시할 수 없다.

이태원에는 이런 성소수자들을 위한 클럽이나 바bar가 몇몇 있다. 퀴어퍼레이드도 매해 열리고 올해가 26회째였다. 내가 있었던 몬트리올에서도 매년 8월에 게이 프라이드(행진)가 열렸는데, 꼭 성소수자들만이 아닌 모두의 축제로 자리 잡았다. 화려한 복장과 메이크업을 한 이들이 음악에 맞춰 춤을 추며 도심을 행진한다. 2001년 처음 그 광경을 보았을 때 나는 적잖이 충격을 받았다. 그런 행사를 공공연히 한다는 것도 놀라웠고, 시민들이 거리낌 없이 함께 즐기는 모습도 놀라웠다. 행진은 유쾌하고, 유머가 넘쳐났다. 나도 덩달아 신나게 즐겼다. 누구도 편견 없이 함께하는 자유로운 축제 그 자체였다.

성소수자 이야기를 하자면 나의 멕시코 친구 R과의 만남을 빼놓을 수 없다. 캐나다에 있는 어학원에서 영어를 공부할 때였다. 어느 날 아침 클래스 친구인 R이 온갖 호들갑을 떨며 교실로 들어오는 것이 아닌가.

"무슨 일이야?" 들뜬 모습으로 클래스에 들어선 그에게 물었다.

"세상에! 나 태어나서 처음으로 눈을 봤지, 뭐야? 처음이었다고. 처음! 오호호호~! 눈을 만져보니 부드럽고 금방 녹아내리는 거야. 세상에! 하늘에서 떨어지는 눈을 막 먹어보기도 했지 뭐야? 오호호호~!"

'뭐래?' 나는 어이가 없어서 얼굴이 붉어진 채 수줍은 소녀처럼 행복해하는 그를 쳐다보기만 했다.

그렇다. 캐나다 몬트리올은 5월에도 가끔 눈이 온다. 처음엔 5월에 눈이 와서 놀랐나 싶었다. 더 들어보니 그의 호들갑이 이해가 갔다. 더운 나라 멕시코에는 눈이 내리지 않았다. 영화 속에서나 보던 눈을 실제로 봤으니 정말이지 기쁘기도 했겠다.

"그래, 축하해! 너에겐 정말 첫눈이겠구나!"라고 응수하며 '그래도 참 호들갑이네, 저 웃음소리에 또 저 몸짓은 뭐람?'이라 생각했다. 연신 허공에 손가락을 비벼대며 호호거리는 웃음소리가 특별하게 들렸다.

이후 R과 꽤 친해진 뒤 함께 간 바Bar에서, 그는 자신이 동성연애자라 했다. 미리 말해줬으면 좋았을 것을. R은 내게 말하기가 망설여졌다 했다. 충분히 이해한다. 과거와 달리 동성연애자들을 대하는 사람들의 의식이 많이 바뀌었다. 그렇다 하더라도, 여전히 편견은 있으니까. 극단적으로 반대하는 사람들도 많다. 주위에 R과 같은 성소수자 친구들이 여럿 있다. 과정이 어찌됐는 나는 그들의 선택을 존중한다.

한국은 성소수자들을 바라보는 대중의 시선이 북미나 유럽보다는 폐쇄적이다. 그러나 점점 더 이해와 수용의 시선으로 바라보려는 노력은 있다고 본다. 다름을 존중할 수는 있으니까. 이렇게 폐쇄적인 한국도 세계 여느 곳 못지않은 관대함을 보이는 장소가 있다. 멀리 갈 필요 없다. 이태원이다. 이태원에는 게이바 근처에 이슬람 사원이 있다. 걸어서 5분 거리 내다. 다른 나라에서는 상상도 못 할 일이다. 아마도 하루가 멀다 하고 큰 사건들이 일어나지 않았을까. 이슬람교는 규율이 엄격하고 동성애 행위를 죄로 인식하기 때문이다. 이태원의 이슬람교인들이 성소수자들과 지척의 거리에서 지내며 공존하는 이유가 무엇일까. 서로를 존중하는 것이길 바란다. 그런데 나는 조금은 다른 시각으로 보게 된다. 그들에게 이태원은 또 다른 고향이자 안식처이다. 그들이 안전하게 지키고 싶은 공동체이자 집일 수 있다. 이슬람 사원 일대에는 파키스탄, 인도, 말레이시아 등에서 이주해 온 이들이 많다.

한국으로 되돌아온 아이들은 또 어떠한가. 입양아들 이야기다. 외국인 커뮤니티에 있으면 다시 돌아온 한국인-외국인을 종종 만난다. 통계청에 의하면 프랑스는 유럽에서 가장 많은 한국인 입양아를 받아들인 나라이다. 내가 어릴 적 80년대에도 6천 명이 넘는 아이들이 입양되었다는 사실에 놀라울 따름이다. 내가 속해있는 프랑스 커뮤니티에는 프랑스로 입양되었다가 성인이 되어 한국으로 자의적으로 돌아온 입양 아들을 종종 만나게 된다. 한국어를 하는 친구들은 소수이고, 스스로 한국인이라 생각하는 친구들도 드물다. 그런 그들이 한국으로 돌아오는 이유는 다름 아닌 정체성, 즉 뿌리를 찾기 위해서다. 생물학적 친부모를 만나고 싶어서다. 친구 중 몇몇은 TV 방송에 출연해서 공개적으로 친부모를 찾기도 했다. 그리하여 친부모를 찾은 친구도 있고, 못 찾은 친구도 있다. 찾은 이후 좋은 관계를 유지하는 경우도 있고, 찾았으나 친부모가 만나기를 거부한다는 경우도 있었다. 우리 사회에는 이처럼 의외로 소외된 커뮤니티가 많다. 이태원에 살고 외국인 커뮤니티에 속해있다 보니 이런 다양한 사정을 알게 된다.

"아빠, 전 어쩌면 좋죠?"
"집으로 가"
"그게 어딘데요?"
"네 마음이 가장 큰 행복을 느끼는 곳이지."
영화 〈그녀는 요술쟁이〉 중 주인공들이 나눈 대화이다.

갈 곳 몰라 방황하는 딸에게 아빠는 가장 큰 행복을 느끼는 곳이 집이라 한다. 당신이 지금 어느 곳에 있든, 어떠한 상황에 놓여 있든, 잠시라도 행복을 떠올릴 수 있다면 그곳이 마음의 집이지 않을까. 그런 집이 어떤 이들에게는 이태원이다.

텐세그리티Tensegrity와
대원정사

텐세그리티. 새로 생긴 피트니스 클럽이다. 이름이 생소해서 인터넷에 검색해 보니 다음과 같은 정보가 뜬다.

텐세그리티Tensegrity란 인장Tension과 안정Structure Integrity의 합성어이다. 미국에서 발명된 무중력 구조로서 1962년 특허 등록하였다. 원리는 안정적인 인장력(떨어져 있는 물체가 서로 끌어당기는 힘)으로, 지속해서 긴장 상태를 만들어 힘을 유지하는 안정적인 구조이다. 공중에 떠 있는 무중력 구조로 지진이나 진동과 같은 외부적 힘에 유연한 반응을 보인다. 떨어져 있는 물체가 서로 끌어당기는 힘을 이용한다.

아마도 운동시설의 특성상 사람의 근육 모양에서 착안해서 만든 이름이 아닌가 한다. 그런데 이름이 참 철학적이고 우주적이다. 무슨 말인가 하면, 떨어져 있는 존재가 서로를 끌어당기는 힘이 작용해서 튼튼하고 안정적인 구조물이 탄생한다는 말이다. 너와 내가 떨어져 있으나 우리에게는 서로를 당기는 힘이 작용하다니. 우주 에너지의 법칙과 비슷하다는 생각이 든다. 지구와 달과 태양이 지금 그 거리만큼 떨어져 있으니, 인류가 살아갈 수 있는 법칙. 조금이라도 어긋난다면 아마 이 세상은 또 다른 모습이겠다. 태양이 식고, 달이 사라진다면, 지구는 어느 날 갑자기 빙하기로 바뀔 수도, 모든 생명체가 사라질 수도 있다. 지금 우리가 현재의 모습으로 사는 것에는 이처럼 서로를 끌어당기며 지탱하는 힘이 있어서이다.

테세그리티의 무중력 구조물을 보니 이 클럽이 더욱더 궁금해졌다. 마침 피트니스 센터를 찾고 있었는데, 눈앞에 드리워진 대형 현수막이 나를 끌어당겼나 보다. 위치는 남산 소월길 아래. 가까우니 매일 갈 수 있는 장점도 있었다. 도착하는 클럽 앞마당 정원뷰도 마음에 든다. 조경이 잘된 나무가 이곳 이태원의 특징을 보여주기도 한다. 이곳에는 의외로 정원이 있는 집들이 많다. 나무와 꽃들이 동그랗게 잘 다듬어진 것이 오래전부터 이어져 온 전통인 것 같기도 하다.

클럽은 소월길에서 내려갈 수도, 아래 후암동 마을 길에서 1층에 있는 절을 지나 올라갈 수도 있다. 새로 생긴 공간답게 물품들이 새것이고, 깔끔하고 모던하다. 내부 공간도 쾌적하고 기구들도 제법 여럿이다. 대형 피트니스센터가 아니어서 바쁜 시간에도 10명 이내의 회원들이 이용한다는 장점이 있었다. 그 점이 좋았다. 나는 음악 소리가 큰 운동 공간보다 조용한 곳이 좋다. 기본적으로 이용할 수 있는 피트니스 기구들과 필라테스 기구들이 있으니 충분하다. 개인 사물함과 샤워 시설이 있어 편리하고, 수건, 드라이어, 운동복, 양말 등도 마련되어 있는 것이 회원제 클럽답다.

안내자의 설명과 함께 기구를 테스트해 보고 등록했다. 남산 숲을 산책한 후 피트니스 센터에서 운동하는 시간을 늘릴 생각이다. 운동을 마치고 내려오는 길에 1층 절의 법당으로 들어갔다. 들어서자마자 향냄새와 금빛 불상이 온통 황금 기운을 뿜어낸다. 마음이 편해지고 온몸이 이완된다. 그동안 소홀했던 나의 몸과 정신을 다시 보듬고 회복할 시간이다.

나는 절 특유의 고요한 분위기를 좋아한다. 불교도가 아니어도 산을 오르다 절을 발견하면 꼭 들러 기도한다. 대원정사는 실내가 아담했다. 그리 좁지도 아주 넓지도 않다. 부처님이 있는 메인 법당은 신발을 벗고 올라가는 구조이다. 법당 문을 열면 화하게 퍼지는 향냄새 덕분인지, 푹신하게 깔린 바닥재 덕분인지 이미 힐링되는 기분이다. 정면에는 세 개의 황금빛 부처님 조각상이 있고, 그 사이로 작은 조각상이 두 개 더 있다. 그런데 이 큰 조각상들의 모양이 다른 절과 사뭇 다르다. 가운데 부처님 손 모양이 특이하게도 오른손이 아래에 있는 왼손의 검지를 잡고 있다. 앞에는 스님이 강연하는 공간인 듯 낮은 테이블과 마이크, 방석과 큰 목탁이 있다.

2층은 피트니스센터, 1층은 절이라…, 좀 생뚱맞은 조합이긴 하나 불가능한 것도 아니지 않은가. 오히려 잘됐다. 운동을 마친 후 이완된 상태에서 명상을 할 수 있게 되었다.

절을 하는 행위에 대해 처음으로 진지하게 의문을 가진 건 여러 해 전 일이다. 그리스에 티노스TINOS라는 섬을 방문했다. 이 섬도 그리스의 다른 섬처럼 눈부시게 하얗고 파란 집들이 가득하다. 그 사이로 진분홍색 부겐빌레아Bougainvillea가

만개해서 쨍한 태양 아래 명도 높은 선명한 풍경을 자아낸다. 실제로 보고 있어도 믿기지 않을 만큼 환상적이다. 섬을 한 바퀴 돌아본 후, 길옆 카페의 야외테이블에 앉았다. 카페와 접한 길바닥에 좁다란 레드카펫이 길게 깔려있었다. 무심히 카펫의 쓸모를 궁금해하며 시원한 카페라떼로 더위를 식히려는 찰나, 한 여인이 나타났다. 고개를 숙이고 두 무릎과 양손을 바닥에 집고 카펫 위를 기어가고 있었다. 흠칫 놀라 무슨 일인가 하고 보니, 그녀 뒤로도 네발로 걷는 사람들의 행렬이 이어지고 있었다. 친구의 말에 의하면, 이 섬은 신성한 곳이란다. 치유가 일어나는 기적의 장소로 알려져서 병으로 고통받는 사람들이 찾는다고 한다. 카펫은 항구부터 섬의 가장 높은 곳에 있는 파나기어 에반젤리스트 교회Panagia Evangelistria까지 길게 이어져 있었다.

법당에 서서 절 자세를 취하는데 티노스 섬의 그 여인이 생각났다. 그 모습이 토탈 써렌더Total Surrender, 즉, 완전한 내려놓음과 닮아 있었기 때문이다. 몇 년 전 108배를 100일간 했었다. 매일 빠지지 않고 새벽에 했다. 나와의 약속이었다. 자만심과 욕심에 빠진 나, 집착에서 벗어나지 못하는 나, 죄책감에 사로잡혀 있는 나를 용서해 달라고 빌었다. 내려놓고 수용하고 겸손하게 해달라 빌었다. 단단히 뭉쳐있는 내 안의 에고를 풀어내기 위해서는 가장 낮은 자세가 필요했다. 놓아버리고, 내려놓고, 한없이 수용하는 절하기를 반복했다. 그러면서 내가 상처 주었던 이들에게 용서를 빌었다. 상처를 받은 나를 용서했다. 스스로에게 상처를 준 나에게도 용서를 빌었다. 이 세상에 용서를 빌었다. 내려놓고 놓아버리기 위해 절을 반복하고 또 반복했다.

나에게 상처를 준 이들을 용서하기 힘들다고들 한다. 안다. 쉽지 않다. 이렇게 생각하면 어떠한가. 용서는 나의 상처를 먼저 보듬고, 나에게서 그들을 떠나보내는 것만으로도 충분하다고. 고통스러운 감정을 가슴속에 간직하기보다 놓아버리고 흘려보내는 것이라고. 그것이야말로 결국 나를 지탱하고 나와 화해하는 지름길이다 용서는 나를 위한 길이기 때문이다.

하늘

하늘을 뚫고 내리던 장대비도 지쳤는지, 드디어 해님이 얼굴을 드러냈다. 때는 이때다 싶어, 소월길로 올라갔다. 장마철 산책은 '럭키 빙고!'를 외칠 정도로 간헐적이다. 해방촌 오거리에서 10미터 정도 더 위로 걸어가면 보성여자중학교 버스 정류장이다. 상황에 따라, 기분에 따라 오른쪽으로 갈지, 왼쪽으로 갈지 그도 아니면 직진해서 숲으로 들어갈지 결정한다. 소월길에는 이런 경우의 수가 있어 좋다. 매번 바뀌는 하늘색과 구름의 모양, 걷다가 마주치는 사람들, 사물들. 매번 어떤 우연을 마주할지 기대된다.

오늘 같은 날은 잠시 걸음을 멈춘다. 오랜만에 온전한 파란 하늘을 본다. 그리 멀지 않은 곳에 첨탑도 보인다. 해방교회이다. 이곳 하늘 풍경을 장식하는 터줏대감이기도 하다. 처음부터 해방촌을 지킨 교회이니 이 지역의 변천사를 속속들이 알고 있지 않을까. 이제 남산타워를 뒤로하고 그랜드 하얏트 호텔이 있는 한남동 방향으로 걷는다. 오른쪽 발밑으로 움푹 파인 곳에 마을이 보인다. 마치 깊은 바닷속 산호초 마을처럼 알록달록한 집들이 옹기종기 층을 이루고 있다. 처음이 길을 걸을 때는 하늘에서 인간 세상을 보는 기분이었다. 소월길은 지대가 그렇게 높은 곳이다.

길은 출발지와 도착지를 연결하면 나온다. 직선일 때도 곡선일 때도 지그재그일 때도 있다. 내리막도 오르막도 있다. 길을 따라 걷다 보면 길가에 홀로 피어있는 꽃을 마주치기도 한다. 콘크리트 사이에 우아하게 피어있는 자태에 취해 걸음을 멈춰 한참을 바라본다. 세상의 모든 냄새가 궁금한지 연신 코를 쿵쿵거리는 강아지와도 눈인사를 한다.

길을 따라 이태원2동 주민센터 정류장과 하얏트 호텔을 지나 내리막으로 내려간다. 잠시 뒤 리움 미술관 입구에 도착하고 오동나무 아래에서 잠시 쉬어간다. 부모님 생각이 자주 나는 곳이다. 여자아이가 태어나면 심는다는 오동나무 때문이다.

　오빠가 태어났을 때 아버지는 배나무를 심었다. '수많은 나무 중에 왜 배나무일까? 내가 태어났을 땐 꽃이라도 심었을까?' 엄마는 나를 가지고, 반짝반짝 빛나는 은 숟가락을 꿈에 보았다고 한다. 숟가락이 너무도 예쁘고, 쳐다보기 힘들 정도로 눈부셨다 한다. '숟가락이라⋯! 눈부시고 예뻤다니 다행이다.' 멀리 잠실과 롯데타워가 눈에 들어온다.

　천천히 오동나무 아래 계단을 타고 미술관 정원으로 들어선다. 파리의 퐁피두 뮤지엄을 연상케 하는 철제 구조물이 우뚝 서 있다. 무심한 듯하나 세련된 모빌 조각 작품이다. 오른쪽에는 미술관의 메인 건물이 있다. 그 앞에는 동그란 은빛 물방울(작품명: 큰 나무와 눈)을 쌓아놓은 듯한 아니쉬 카푸어의 작품이 높이 하늘을 향해 뻗어 있다. 작품명대로 큰 나무를 연상케 한다. 하늘과 맞닿으려는 욕망이 보인다. 그 옆에는 동그란 대형 접시 모양의 구조물(작품명: 하늘 거울)이 매 순간 변하는 하늘을 그대로 담고 있다. 지금은 하얀 새털구름이 둥둥 떠다니는 하늘을, 내일은 또 다른 모양의 하늘을 담을 테지.

남산 아래 소월길을 걷다 보면 이렇게 자주 하늘을 만나게 된다. 이른 아침에 만나는 하늘, 태양빛 쨍쨍한 오후에 만나는 하늘, 어슴푸레한 저녁 시간에 만나는 하늘, 매번 다른 색깔이다. 언제나 하늘 너머의 세계를 상상할 수 있을 만큼 하늘이 가깝게 느껴진다.

뭉게뭉게 하얀 크림 같은 구름이라도 펼쳐진 날엔, 어릴 적 큰언니와 함께했던 구름 놀이도 생각난다.

"언니, 저 구름은 우리 네로같이 생겼네."

"응?"

"저기 봐봐, 저긴 귀고, 저기 저 끝에 꼬리가 있잖아."

"응~, 그래. 자세히 보니 그러네. 미영아, 저기 저건 꼭 양처럼 생기지 않았니?"

"와~!! 정말 그러네!! 어떻게 저렇게 양을 닮았을까? 넘 신기해 언니! 하하하"

언니와의 추억을 떠올리며, 흘러가는 구름을 부여잡는다. 양이 어딘가 있지 않을까, 우리 집 네로는 어디 있지? 양을 찾던 어린아이는 성장하고 성인이 되고 중년이 되었다. 어릴 적 나는 질문이 많은 아이였다. 뭐든 궁금하면 질문했다. 엄

마에게 물어보고, 엄마가 바쁘면 언니에게 물었다. 뭐가 그리
궁금한지. 쉴 틈 없이 질문하는 내가 귀찮기도 했을 텐데, 언
니는 끝까지 친절하게 답을 해줬다. 언니의 따듯한 마음을 이
제야 느낀다.

서로 개성이 확실한 언니와 나는 사이가 서먹서먹하다. 외
모가 비슷한 자매지만 성격이 다르다. 매우 다르다. 그런 탓에
서로를 이해 못 할 때가 있었다. 의도치 않게 상처를 주기도
입기도 한다. 어쩌면 나 혼자만의 생각일 수 있으니 굳이 꺼
내어 들추지 않는다.

아버지는 내가 중학교 2학년 때 하늘로 가셨고, 엄마는
이제 여든이 넘었다. 그동안 허리 수술도 하고, 다리 수술도
하였다. 오늘 엄마가 집에서 넘어졌다는 소식을 들었다. 손이
붓고, 몸에 타박상을 입었다. 작은언니는 엉치를 다치지 않았
다며 그나마 다행이라 한다. 늘 에너지 넘쳤던 엄마가 몇 년
전부터 청력이 떨어져 보청기를 했다. 그런데도 제대로 대화
가 잘되지 않는다. 이제는 원피스 수영복을 입은 생기 넘치
는 소녀도, 나훈아 오빠를 좋아하던 열정 소녀팬도, 환하게
웃던 어린 새댁도 없다. 하늘 속 구름이 흐르듯 사람도 세월

따라 흐른다. 엄마가 더 살아갈 시간이 몇 년이나 더 될까. 어쩌면 열손가락 안으로 꼽을 수도 있다는 생각에 정신이 번쩍 든다. 구름 속에서 엄마의 얼굴을 찾아본다. 한때 엄마의 부재로 받은 상처도 언니와의 감정도 구름 흐르듯 흘려보낸다. 가장 가까운 가족이라 더 아팠다.

코칭을 배우고 심리학을 공부하면서 나를 들여다보고, 상대의 입장에서 말해보며 답을 찾기 시작했다. 바이런 케이티의 〈네 가지 질문〉은 스스로 메타적인 사고를 하고, 나 아닌 타인을 이해하는 데 큰 도움이 되었다. 상대방 특히 가족을 더 잘 이해하게 되었다. 혹, 가까운 사람들과의 관계에서 힘들다면 이 책에서 소개하는 질문법을 시험해 볼 것을 적극적으로 권한다. 고의로 상대를 힘들게 하려는 사람은 드물다. 그런 사람이라면 애초에 멀리하는 게 상책이나, 그런 사람에게도 나름의 이유는 있다. 거리를 두자. 그리스 신화에 나오는 이카로스는 지나치게 태양 가까이에서 날다 날개가 녹아 떨어져 죽었다. 거리가 필요할 때가 있다. 나부터 수용과 존중의 시간을 가져본다. 마음으로는 서로를 응원하고 있음을 알기에…, 고맙고 감사함을 흐르는 하늘 구름에 담아 띄워 보낸다.

비건라이프

친구들을 집에 초대할 때면 묻곤 한다.

"혹시 먹지 못하는 음식이나 특정 음식에 알레르기가 있나요?"

그러면 달걀을 먹지 않고, 양고기를 좋아하지 않고, 우유가 소화가 안되어서 락토프리가 아니면 힘들다 하고, 글루텐에 민감해서 밀가루 음식을 안 먹고, 채식주의자이고 비건이라 하기도 한다.

"You know, Djokovic is a vegan, yet he won the grand slam again! he's amazing!"

"조코비치가 이번에도 그랜드 슬램을 따냈어! 그런데 조코비치가 비건인 건 알고 있었어?"

비건인 L에게 물었다. 회현동에 살 때이다. 이웃이었던 캐나다 대사부부는 비건이고 동물을 구조하는 데 진심이다. 고기, 생선을 먹지 않고, 유제품도 먹지 않는다. 그 뜻인즉슨, 모든 음식에 버터, 달걀이 일절 들어가면 안 되었다. 파이도우를 만들기 위해서는 밀가루 대신 아몬드가루, 쌀가루를 넣었고, 양념도 치킨스톡 대신 맥주효모를 넣었다. 모든 재료를 점검하여 비건 풀코스를 준비했다. 손님맞이 요리를 좋아하니 나름대로 뿌듯했다. 당시 나 또한 글루텐에 최고로 민감해 있는 상태여서 밀가루 음식을 먹지 못했다.

자의로 비건이나 채식주의자가 된 사람이 있고, 체질적으로 동물성 제품을 먹지 못하여 그리된 사람도 있다. 알레르기도 마찬가지다. 어찌 됐든 개인의 취향이므로 존중하는 게 맞다. 한국에 오는 외국인들이 가장 어려워하는 부분이 바로 이런 부분이다. 한식에는 주재료에 고기가 들어가지 않아도 양념에 이미 배 있는 것들이 있다. 김치의 경우 젓갈이 그렇다. 찌개나 국에도 기본적으로 생선이나 고기로 우린 육수가 들어가기 때문에 이를 잘 알고 음식을 권해야 한다. 지금은 손님들이 알레르기가 있다고 하면 반영해서 특정 재료를 빼거나 대체하는 식당들도 많아졌다.

조코비치는 비건이라 할 수 있다. 체질적 비건이 아니라 취향적 비건이다. 고기와 생선 등을 먹지 않는 이유가 테니스 선수로써 몸을 더 잘 쓰기 위한 선택이라 한다. 스트레칭과 요가를 하는 이유도 그러했다. 고기를 먹지 않고 식물성 단백질을 섭취하는데도 매번 그랜드 슬램을 획득하는 것이 그저 놀라울 뿐이었다. 비건이라 근육량이 늘지 않는 것 같다며 힘들어하는 L에게 조코비치의 기사를 보내주었다.

모두가 그렇지는 않지만, 캐나다인들은 자연과 동물에 대한 사랑이 남다르다. 물, 나무와 광물과 같은 자원이 풍부한 곳임에도 그것이 하늘이 준 선물이라며 소중히 여기는 문화가 있다. 동물에 대한 인식도 그러하다. 물론 의무감으로 하는 경우도 있고, 본질을 떠나 유행처럼 동참하는 경우도 있다고 본다. 20년 전 일이다. 유난히 눈이 많이 오고 추운 몬트리올 겨울, 하루는 털조끼를 입고 출근했다. 아차! 싶었다. 아니나 다를까, 만나는 동료마다 진짜 털이냐 물어본다. 동물 털을 사용하지 않는 페이크퍼(Fake Fur, 가짜 동물털)에 대한 인식이 유행처럼 퍼질 때였다. 그런데 그날 입은 조끼는 진짜 토끼털이었다. 어쩌다 디자인이 예뻐서 사게 되었는데, 회사에 입고 가지 않는다는 걸 깜빡한 것이다. 미안하게도, 가짜 털이라 거짓말을 했다. 진땀을 뺀 그날 이후 나는 진짜 털옷과 가죽옷에 더 민감해졌다. 절대로 사지 않는다고는 말할 수 없으나 되도록 구매하지 않게 되었다.

세계인의 고기 섭취량이 증가하는 반면, 공급할 수 있는 고기는 한정되어 있다. 이를 보완하기 위한 방법으로 식물성 단백질을 적극 권장하는 단계를 넘어 실험실 고기가 만들어지고 있다. 2019년 상하이에서 유엔의 17가지 지속가능발전목표에 관한 모임에 참가했었다. 2016년부터 2030년까지 인류가 달성해야 할 공동 목표이다. 그 중 첫 번째가 빈곤 퇴치이고, 두 번째가 기아 종식이다. 인구는 점점 늘어나는데 식량이 부족하다. 땅이 오염되니 농작물의 영양상태도 과거와 그 질을 비할 수 없다. GMO(유전자 변형 식품)와 실험실 식량이 나타날 수밖에 없는 구조이다.

그날 싱가포르에서 온 비욘드Beyond는 자사의 비건 식품과 배양 식량에 관한 기술을 소개했다. 식량난을 대비하여 쌀과 고기를 실험실에서 만드는 과정을 보여주었다. 당시로서는 최신 기술이었던 배양육, 즉 실험실 고기에 대해 발표했다. 배양육은 실제 동물의 조직을 사용해서 어떤 과정을 거쳐 고기 자체를 키우는 것이다. 섬뜩하고 부자연스러워 보였으나 생명을 죽이는 것보다는 낫겠다는 생각, 기아를 해결할 수 있다면 나쁘지는 않겠다는 생각이 들었다. 얼마 전 미국에서는 그러한 방법으로 만들어진 고기가 일부 시중에 팔리고 있다는 기사를 보았다. 반대의 입장을 표명하고, 실험실 고기를 금하는 국가도 있다. 뭐가 맞는지 아직 판단이 서지 않으나 굳이 그럴 바에야 고기를 덜 먹는 쪽을 택하고 싶다. 한때 고기 식단을 했다. 건강을 위해 실험적인 경험이었다. 지금은 자연식 위주로 골고루 소식하는 쪽을 택했다.

모든 것은 연결되어 있다. 환경오염이 심각하다. 목에 플라스틱을 끼고 있는 펭귄이나 그물에 얽힌 돌고래를 본 적이 있을 것이다. 돌고 돌아 청정지역까지 간 산업 쓰레기이다. 우리가 버리는 미세 플라스틱을 물고기가 먹고, 그 물고기를 인간이 먹는다. 결국 인간이 버린 쓰레기를 인간이 먹는 꼴이다. 한국만큼 재활용에 진심인 나라도 드물다. 그런데 이 또한 문제인 것이 재활용을 하기 위해 들어가는 에너지 소비도 높다고 한다. 플라스틱 사용을 줄여야 하는 이유이다. 유명 연예인인 줄리앙이 운영하는 근처 노노nono shop도 지구를 보호하기 위한 활동에 적극적으로 동참하고 있다. 이태원에는 비건 식당, 비건 식품점뿐 아니라 종교와 문화적 이유로 특정 식단을 고집하는 커뮤니티까지 다양하다. 무슬림이라 할랄 음식을 먹고, 유대교라 코셔 음식을 먹는다. 각자의 문화와 취향이 존중되는 사회. 이태원 공동체의 모습이다.

5

관계

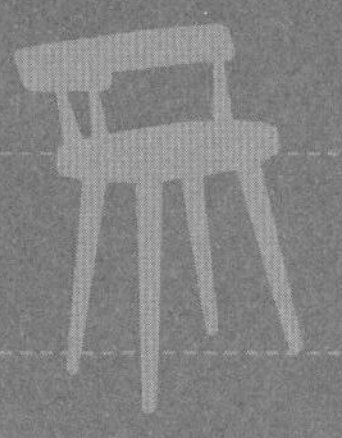

누군가 그랬다.
인생에는 정답이 없다고.

강요하기도
강요를 당하기도 거부한다.
그리하여 홀로 지내기로 한다.

까맣고 텅 비어 있는 공간.
면밀히 본다.
보고 또 본다.
누군가 있다.
방치해 두었던 나.
하나, 둘, 셋.
여럿이다.
내 안에 있었던
수없는 나.

그 모습 그대로 보듬어준다.
자세히 보니
반짝반짝 빛나는 별이고
눈부시게 빛나는 태양이다.

나와 나의 사이가 좋아지니
너와 나의 관계도 즐겁다.
좋은 관계란 그런 것이었다.

아이스크림 사랑

아이스크림 주세요. 사랑이 가득 담긴

두 개만 주세요,

사랑을 전해 주는

눈을 감아요. 행복을 느껴봐요.

-아이스크림 사랑, 노래 임병수 중-

이태원역에서 조금 걸어 보광동 방향으로 가면 친구의 소박한 아이스크림 가게가 나온다. 〈크램캉캉〉. 하늘에서 뚝 떨어진 것처럼 왠지 아이스크림을 팔 것 같지 않은 곳이다. 부러 찾지 않으면 모를 정도다. 가게는 플로리스트인 친구의 부인과 함께 사용하는데, 그래서인지 한쪽 천장이 풍성한 소나무잎으로 장식되어 있었다. 오른쪽으로는 핑크플로이드 〈The Wall〉의 앨범 커버와 턴테이블이, 벽 선반에는 와인과 양주 병들이 친구의 취향을 말해주고 있었다. 내가 도착했을 때는 때마침 신나는 록 음악이 흘러나오고 있다.

진열장 안에는 색색이 아이스크림 통이 가득하다. 모두 수제 아이스크림에다 재료도 천연이라 맛이 기대되었다. 친구는 처음 온 나에게 먼저 맛을 테스트하라며 아이스크림을 티스푼으로 덜어준다. 바닐라 맛, 초콜릿 맛, 피스타치오 맛, 흑임자 맛, 카라멜 쏠트 맛, 카라멜 트러플 맛 등. 빨간 고추를 가미한 초콜릿 맛도 있었다. 이렇게 다양한 아이스크림을 보니 어릴 적 부모님과 함께한 여름이 떠올랐다. 지금이야 봄, 여름, 가을, 겨울, 사계절 언제나 아이스크림을 먹을 수 있으나, 그때는 아이스크림은 여름에만 먹었던 특별 간식이었다.

나는 카라멜 트러플과 바닐라 맛을 선택하고는 다알리아 꽃이 있는 아일랜드 테이블에 자리를 잡았다. 트러플이 유행하니 아이스크림 메뉴에도 트러플이 빠지지 않나 보다. 이곳의 특징은 아이스크림과 화이트 와인을 함께 먹을 수 있는 세트 메뉴이다. 생뚱맞은 조합 같기는 하지만, 재미있을 것 같기도 해서, 와인도 주문했다. 프랑스산 소비뇽 블랑이다.

아이스크림과 와인의 고급스러운 조합과는 달리, 어릴 적 내가 먹은 아이스크림은 심플했다. 하나에 50원, 100원이었고, 맛도 좋았다. 햇볕이 쨍쨍 내리쬐고, 기온이 제법 높고, 바람도 인색한 날. 지금은 이웃집이 들어선 텃밭에서 부모님은 여름내 호미를 들었다. 아버지는 이쪽에서 엄마는 저쪽에서 잡초를 뽑고 작물을 살폈다. 어떨 땐 고추가 또 어떨 땐 감자가 자라고 있었다. 언니와 나는 담 넘어 집안에서 TV를 보다가 엄마가 부르면 냉큼 대답하고는 텃밭으로 달려가곤 했다.

그때마다 엄마는 "아휴, 너무 덥네. 마을회관에 가서 하드 좀 사 오너라."라며 부드러운 어조로 말씀하셨다. 이제는 하드라는 말을 쓰지 않지만, 당시에는 지금처럼 부드러운 아이스크림보다 딱딱한 그야말로 '하드'를 팔았다.

어린 나에게 여름날 시원한 하드는 천국 같았다. 하드를 사러 마을회관으로 가는 길은 뜨거운 태양열에도 기분이 좋았다. 녹을세라, 사자마자 엄마에게 달려가 겉포장을 뜯으면 하드 바는 온 세상의 열기를 한 몸에 품은 듯 하얀 연기를 뿜어내며 녹아내리기 시작했다. 빠르게 녹아내리는 하드만큼 내 마음도 안절부절 녹아내렸다.

나는 특히 속과 겉의 촉감이 부드러운 '깐도리'를 좋아했다. 단돈 50원짜리 깐도리는 달콤한 팥과 밤과 바닐라가 섞인 듯한 꽤 고급스러운 맛과 향을 지니고 있었다. 팥을 좋아하지 않는 나도 좋아할 수밖에 없는 특별한 매력이 있었다. 바로 부드러운 텍스쳐! 세상에 나오자마자 녹아내리기에 바빴지만, 나에겐 그 어떤 하드보다 맛있었다. 엄마도 언니도 아버지도 나도 깐도리가 좋았다. 부드러운 바닐라콘이 세상에 나오고 깐도리가 사라졌어도, 나는 늘 깐도리가 그리웠다.

친구의 아이스크림 가게 덕분에 부모님 생각이 더욱더 짙어진다. 편히 TV를 보다 엄마의 심부름을 기다리던 날들. 엄마와 아버지는 얼마나 힘드셨을까. 이글거리는 태양 아래에서 힘든 농사일을 하셨던 부모님께는 잠시 쉬어가던 그 시간이 천국이었을 것이다.

엄마의 음성이 아직도 귓가에 들리는 듯하다.

"우리 예쁜 아가, 맛있게 먹어라." 사랑이 가득 담긴 목소리였다.

한때 엄마와 불편한 관계였다. 엄마의 억압적인 말과 신경질적인 말투로 상처를 받았었다. 힘없는 자식들은 그저 참아야 했고, 미워하는 감정은 성인이 될 때까지 고스란히 내면에 자리 잡고 있었다. 어느 날, 무슨 이유인지 모르게 올라오는 분노로 혼자 소리를 질렀다.

"왜 그랬어! 왜?"

글로 휘갈겨 쓰고, 소리쳐도 분노는 좀처럼 사그라지지 않았다. 엄마에 대한 감정을 풀고 싶어 엄마에게 달려갔다. 한 번에 되지 않았다. 그리고 어느 날, 엄마가 미안하다고 한다. 나는 파도처럼 눈물이 쏟아졌다. 엄마의 노력과 부드러운 음성에 감사하고 죄송했다. 나의 어리석음에 눈물이 났다.

얼마 전, 엄마 집에서 못 보던 사진을 발견했다. 마을행사 때 찍은 사진이라고 한다. 사진사가 방문한 김에 어르신들 모두 찍었다고 한다. 액자에 끼어있는 엄마의 얼굴을 보는데 가슴이 먹먹해졌다. 침묵이 흐른다. 나는 왈칵 눈물이 날 것 같은 이 상황을 참느라 애먼 입술을 깨물며 물었다.

"엄마, 이 사진 뭐야?"

"어, 그냥 찍어 둔 거야. 더 나이 들기 전에 찍은 거지 뭐."

담담한 엄마의 목소리에 가슴이 미어졌다. 엄마는 끝을

생각하고 있다. 사진 속에서 미소를 짓고 있는 엄마가 소녀처럼 앳돼 보인다. 엄마의 미소를 본 적이 언제인지 모르겠다. 불만만 토해내던 내가 부끄러웠다. 엄마의 일상이 어떤지 알 길이 없다. 멀리 떨어져 있고, 대화가 많지 않던 사이다. 더더욱이나 나는 늘 외국에 사는 자식이었다. 몸이 멀어지면 마음도 멀어진다고 했다. 가까이에서 엄마를 챙기는 언니와 오빠들이 있으니 나는 신경 꺼도 되었다. 그래도 된다 생각했다. 엄마는 영정사진을 미리 찍어둔 것이다. 엄마의 일상을 가까이 사는 언니와 오빠를 통해서 듣는다. 엄마는 당신이 요거트를 먹으면 배탈이 나면서도 늘 냉장고에 쟁여놓는다. 집에 오는 자식들을 위해 챙겨놓고 있었다.

엄마 생각에 잠시 빠져있던 사이 친구는 아이스크림과 화이트 와인으로 구성된 세트 메뉴를 내어준다. 와인 한 모금 마시고 아이스크림 한 스푼을 뜬다. 입안에 가져가자마자 형체 없이 사르르 녹는다. 어릴 적 엄마와 함께 먹던 깐도리 하드처럼 부드럽다. "아이스크림 사랑"이라는 노래가 있다. 노랫말을 들어보니 딱 나의 어릴 적 이야기다. 엄마에게 전화해 봐야겠다. 엄마는 요즘 어떤 하드를 좋아할까.

2번 마을버스

귀엽다. 불편하다. 그래도 타자. 2번 마을버스를 보면 드는 느낌이다. 마을버스를 처음 봤을 때 외모에 반했다.

"세상에 저렇게 귀여운 버스가 있어?"하고 나도 모르게 감탄사가 나왔다.

녹색 찬란한 색에, 1톤 트럭만 한(조금 과장해서) 크기에, 귀엽게 달린 튜브 바퀴가 통통 튄다. 그 모습이 어린아이처럼 너무도 천진난만하지 않은가. 큰 도로를 달리는 몸집이 있는 시내버스나 광역버스와 달리 작은 체구에서 드러나는 발랄함이 있다. 자그마한 마을버스를 보고 있노라면 영화 〈더카The Car〉에서처럼 대형트럭 사이 껴있는 소형차가 생각나서 괜히 보호본능까지 일어난다.

이태원에는 1번, 2번, 3번 마을버스가 있다. 버스마다 행선지가 다르니 한 번씩 타보는 재미가 있다. 1번은 이태원 중심 거리와 보광동을, 2번은 녹사평역, 해방촌, 후암동, 숙명여대를, 3번은 그랜드 하얏트 호텔과 경리단, 용산역을 지나간다. 이곳에 살면 이 세 종류의 버스를 탈 때가 종종 있다. 작은 체구에 좌석이 많지 않지만, 기동력이 좋아 이용객이 의외로 많다. 2번 버스의 경우 매일 8,000명 이상의 승객이 이동한다.

이 작고 귀여운 버스를 처음 본 건 10년이 더 되었다. 마치 만화 속의 한 캐릭터처럼 귀엽게만 느껴졌다. 그런데 어느 날 어떤 분이 하신 말씀이 마음에 남았다.

"세상에, 이 버스를 보고 귀엽다고 하다니, 타는 사람들을 무시하는 것도 아니고, 무슨 말을 그렇게 하지?"

아차! 사람들의 생각이 다름을 다시 한번 알았다. 나에겐 그저 귀엽게 보였던 마을버스가 어떤 이에게는 다르게 느껴질 수도 있겠다 싶었다. 그도 그럴 것이, 보통 이 작은 마을버스들은 큰 버스가 다닐 수 없는 주택가 주위를 달린다. 좁고 구불구불한 길이나 지대가 제법 높은 경사진 곳을 지나가곤 한다. 다닥다닥 붙어있는 주택가를 달리는 작은 버스가 귀엽게만 느껴지지 않는 이유는 그곳에 사는 사람들의 고단함이 녹아있기 때문이기도 하겠다.

　버스 안에는 다양한 사람들이 있다. 이른 아침 어디론가 분주히 떠나는 사람, 저녁이 되어 피곤한 몸을 이끌고 집으로 향하는 직장인, 오랜 원주민인 듯 보이는 나이 든 어르신들, 타지에서 적응하며 열심히 일상을 살아가는 외국인들. 눈을 감은 채 잠깐이나마 하루의 피로를 푸는 사람. 낮은 버스 천장에 머리가 닿을라 고개가 꺾인 사람. 버스가 만원일 때는 사람들은 웬만하면 옆 사람과 불필요한 신체접촉을 피하려 요리조리 몸을 비트느라 진땀을 뺀다. 그러거나 말거나 멍하니 핸드폰을 들여다보는 사람도 있다.

　나도 언제부터인가 이 작은 마을버스를 이용하기 시작했다. 말한 대로 이 버스는 기동성이 있다. 그러나 안정성이 떨어진다. 발랄하게 통통 튀는 귀여움은 경사가 심하게 지거나 굴곡이 있는 곳을 지날 때는 억울하게도 사라져 버린다. 제멋대로 튀다 못해 승객들까지 통통 튀는 불상사가 발생할 때가 있다. 나이가 지극한 어르신들이 타면 넘어져 다치지는 않을까, 나도 모르게 손발에 힘이 들어간다. 대신 운전이라도 하고 싶은 심정이다. 어느 순간부터는 나 또한 다치지 않으려 버스에 오르면 가장 먼저 안전한 장소를 찾는 것이 습관이 되었다. 버튼을 누를 수 있는 곳, 두 발과 두 팔로 몸을 가장 잘 지지할 수 있는 곳을 찾는다. 자주 F1 레이싱을 하는 기사분들 덕분에 내릴 곳을 지나쳐 버리는 경우가 생기기도 한다. 몇 번 이런저런 불편을 겪으면 차라리 걷기를 선택하기도 한다.

그러다 어느 순간 또 오르게 되는 마을버스. 말 그대로 마을 사람들을 모두 만나게 될 것 같은 친숙한 느낌이 드는 버스다. 기사와 승객이 잘 아는 이웃인 듯 종종 서로에게 인사하는 모습도 보인다. 승객들도 서로 아는 사이인지 버스에서 만나 이야기꽃을 피울 때도 있다. 마을버스만이 가지고 있는 친근한 풍경이다. 불편하지만 계속 이용하게 된다. 무엇보다 나는 그 특유의 발랄함과 통통 튀는 기동성, 그리고 버스 안 북적거리는 요란스러운 관계가 재미있다. 그래서 오늘도 2번 마을버스를 탄다.

한글

"이걸 뭐라 불러?"

파리 친구 집에서 요리를 하고 있는데 친구가 물었다. 한국 음식을 잘 모르는 친구들을 위해 불고기를 만들고 있었다. 쪽파를 보고 묻는 말이다, 대파, 쪽파, 실파와 같은 파 종류는 우리에겐 익숙하지만, 서양인에게는 여전히 낯선 시재료다.

"오니옹 베흐 Onion vert(Green Onion)라고 하는 거야. 한국어로는 '파 Par'라고 해."

"'ㅍ'은 [P] 발음이 나고 'ㅏ'는 [a] 발음이 나서 '파'라고 발음해."

파를 들고 발음과 뜻을 가르쳐 주는데 정말 간단하고 쉬워서 헛웃음이 났다.

"어려운 줄 알았는데 생각보다 너무 쉬운데!" 친구도 그런다.

이태원 카페에서는 외국인과 한국인이 서로의 언어를 배우는 광경을 자주 본다. 과거에는 한국인이 외국어를 배우는 경우가 많았으나 이제는 외국인이 한국어를 배우는 경우도 많아졌다. 그렇다. 친구의 말처럼 한글은 배우기 쉬운 언어다. 알파벳처럼 자음과 모음을 요리조리 조합하면 무수히 많은 단어를 만들어낼 수 있다. 영어사전에 등록된 영어 단어 수는 60만 개인 반면, "우리말샘"이라는 사전에는 100만 개 이상의 한글 단어가 수렴되어 있다고 한다. 한글의 승!이라고 해야 할까? 주위 외국 친구들에게 물어보아도 한글은 몇 시간 만에 쉽게 배울 수 있는 언어란다.

처음에는 그렇다. 그렇게 쉽게 한글에 "접근"할 수 있다. 그러나 조금만 깊이 들어가면서 난관에 부딪히기 시작한다. 간단히 조합할 수 있는 글자 이면에 있는 한자어 때문이다. 우리는 일상에서 더 이상 한문을 사용하지 않지만, 엄연히 한자어를 사용하는 한자 문화권에 속해 있다. 조상 대대로 사용해 온 한자의 뜻이 한글에 내포되어 있다. 통계에 의하면 국어사전에 있는 단어의 반 이상이 한자어다.

여기에 덧붙여 또 다른 특징이 있다. 바로 높임법 체계와 뉘앙스이다. 한국어의 높임말과 뉘앙스는 매우 미묘해서 잘못하면 오해를 불러일으킬 수 있다. 물론 한국어를 잘 못하는 외국인들이니 실수를 하면 귀엽게 보이기도 한다. 하지만 비즈니스 관계에서는 다른 이야기다. 자칫했다가는 오해를 받기 쉽다. 한국말은 '아' 다르고 '어' 다르다 하지 않는가.

여기에 더해, 이제는 신조어까지 배워야 하니 한국어 배우기가 참 힘들겠다는 생각도 든다. 나도 그랬다. 외국 생활 몇 년이 지났을 때다. 한국 기사를 보는데, 처음 보는 단어의 뜻을 도대체 알 수 없었다. '안습'이라는 단어였다. 인터넷 검색을 해도 나오지 않고, 한자어를 찾아봐도 없었다. 후에 '안구에 습기'라는 의미로 사용됨을 알게 되었다. 처음에는 어이가 없었다. 한글을 망치는 언어습관이라고 생각했다. 반면 스마트폰과 SNS로 대화하는 시대니 당연한 결과일 수 있다는 생각도 들었다. 예상대로 신조어는 그 뒤로도 계속 생겨났고, '안습'은 이제 구식이 되었다.

신조어는 시대의 흐름이다. 한국어뿐 아니라 영어, 일본어에도 새로운 단어는 계속 생겨난다. 한국어를 배우는 외국인들도 힙하고 세련된 언어 표현이라며 배우려는 자세이다. 어떤 유튜버는 'ㅋㅋㅋ, ㅎㅎㅎ'를 설명하며 'ㅎ'이 하나였을 때 두 개였을 때의 뉘앙스를 차이점을 설명해 주기도 한다. 그럴 땐 오히려 나도 배운다.

"나는 우리나라가 세계에서 가장 아름다운 나라가 되기를 원한다. 가장 부강한 나라가 되기를 원하는 것은 아니다. 오직 한없이 가지고 싶은 것은 높은 문화의 힘이다. 문화의 힘은 우리 자신을 행복되게 하고, 나아가서 남에게 행복을 주기 때문이다."
-〈백범일지〉, 내가 원하는 우리나라 편-

언어를 배우는 건 그 나라의 문화를 배우는 것이다. 요즘 한국이 외국에서 폭발적인 인기를 얻고 있다. 한국어를 배우고, 한국을 방문하는 일은 동서양을 막론하고 세계적 흐름이 되었다. K-팝, K-드라마, K-푸드, K-컬쳐, K-뷰티, "한강의 기적"인 K-문학 등 이제 "한류"를 대표하는 컨텐츠가 하나둘이 아니다. 김구 선생님이 그렇게 원하셨던 문화강국이 된 셈이다. 남산공원 백범광장에 있는 그의 동상 앞에 큰절을 올려

야겠다.

상하이에서 살 때, 김구 선생님이 지내셨던 대한민국 임시정부를 방문했었다. 옛 모습 그대로 보존되어 있는 그의 기록을 보고, 나라를 잃고도 포기하지 않았던 한국인의 정신이 느껴졌다. 군사력이나 부 보다 문화강국으로써의 바람이 후대에 내려온 건 비단 김구 선생님의 선견지명 때문만은 아닐 것이다. 어쩌면 이전부터 내려온 서당 교육의 전통과 풍류를 사랑하는 한국인의 기질에 있지 않을까. 이를 입증이라도 하듯 한 석학은 기자와의 인터뷰에서 "조선의 인문학은 세계 최고 수준이었고, 노래와 춤을 좋아한다."라는 의견을 표하기도 하였다.

다른 국가의 언어를 배우고, 문화를 즐기는 일은 대상국에 대한 관심과 호기심에서 나온다. 한국이 문화강국으로 떠오르는 요즘, 우리도 열린 마음으로 다양한 국가와 그들의 문화에 관심을 가지면 어떠할까.

널 담은 공간

이름이 "널 담은 공간"이었구나!

해방촌 교회 근처 코너에 자리 잡은 이 카페는 건물이 아슬아슬해 보인다. 건물 한 면은 평지에 다른 한 면은 내리막에 덩그러니 걸쳐있는 형태다. 입구로 들어가다 건물 모서리를 발로 잘못 디디면 한쪽으로 휙 하고 넘어가지 않을까. 예전에 어떤 TV 프로그램에서 "헌 집을 고치면 이렇게 바뀝니다!"라며 순식간에 집이 뒤집히는 이미지를 보여주며 광고한 적이 있었다. 왠지 그런 드라마틱한 장면이 눈앞에서 연출될 것만 같다.

가죽 공방이었는데 카페로 바뀐 지 2년은 넘었다. 그동안

'널 닮은 공간'으로 알고 있었는데 오늘 보니 '널 담은 공간'이다! 매번 지나면서 첫 번째로는 제발 내 쪽으로 넘어지지 않길 바랐고 두 번째로는 그 닮았다는 '너'는 연인인지, 친구인지, 부모인지, 그도 아니면 강아지인지 하는 생각에 잠기기도 했다. 생각이 꼬리에 꼬리를 물다가 '아이 모르겠다!' 하고 쓸데없는 생각이라고 중얼대며 바삐 발걸음을 옮겼었는데, 이제 보니 이름이 "널 담은 공간"이다.

이름을 확인하고는 처음으로 유리벽 넘어 카페 안을 찬찬히 바라보았다. 입구 왼쪽 벽에 작은 칸으로 나누어진 책장 모양의 편지함이 벽을 빼곡히 장식하고 있다. 편지함에 엽서 크기의 봉투가 잔뜩 꽂혀 있다. 붉은색 씰Seal로 봉인이 되어 있어 봉투 안 내용을 볼 수는 없는 구조이다. 무엇을 하는 곳인지 짐작이 잘 안된다. 랜덤 메시지 카드일까. 편지함 옆에는 커피와 디저트를 주문할 수 있는 계산대가 있다. 커피 메뉴는 여느 카페처럼 평범하고 디저트는 종류가 간단하나 디자인이 세련되어 보인다. 손님이 대체로 많지는 않았다. 처음에는.

어느 날부터 카페는 이전과 달리 활기찬 모습이 이어졌다. 찾는 손님들이 점점 늘어나더니 손님 중 열에 아홉은 봉투

와 편지지를 손에 들고 있거나, 편지지에 무언가를 쓰느라 여념이 없다. 그러니까 이곳은 편지를 쓰는 컨셉의 카페였다. 카페 주인의 말에 의하면 편지를 왼쪽 벽에 있는 편지함에 원하는 날짜에 꽂으면 일 년 뒤 그 날짜에 우편으로 보내준다는 것이다. 영화 〈일 포스티노〉에서처럼 우체부 역할을 한다는 건가.

내가 쓴 편지가 일 년 뒤 어딘가로 간다면, 나는 누구에게 편지를 쓰고 싶을까. 지금 쓴 편지를 일 년 뒤에 받는다면 어떤 느낌일까. 일 년 뒤 읽을 편지에는 어떤 내용이 들어 있으면 좋을까.

골똘히 생각해 보니, 나, 그리고 내 주변 사람들이 보인다. 과거가 보이고 지금, 이 순간 그리고 미래가 보인다. 나는 어떤 존재로 살고 있는지, 그리고 나는 어떤 존재였는지, 또 나는 어떤 존재가 되고 싶은지, 나의 감정은, 나의 다짐은, 내 주변 사람들은…. 생각이 많아진다. 막연하게 떠오른 생각을 편지로 쓰면 왠지 구체적으로 될 것 같기도 하다. 편지는 한 곳이 아니라 여러 곳으로 가도 되겠다. 그동안 생각만 하고 실천하지 않았던 일들을 편지 속에 녹아낼 수도 있겠다.

　손편지를 써본 지 오래되었다. 이메일과 인터넷 메신저가 손편지를 대체한 지 오래다. 빠르고 편리하기는 하지만, 종이에서 느껴지는 감촉과 오랜 기다림의 감성은 사라진 지 오래다. 늘 "보고 싶다. 잘 지내고 있어."로 마무리 지었던 편지. 손편지를 언제 마지막으로 썼는지 기억이 가물가물하다. 외국인 관광객들도 점점 더 많이 보인다. 모두 누구에게 어떤 내용의 편지를 쓰러 왔을까. 나도 1년 후의 내가 되어 편지를 써본다. 80세의 내가 지금의 나에게 보내는 편지를 써보기로 한다. 널 담은 공간에서 나를 담아서. 편지는 "안녕, 잘 지냈니? 오랜만이야."라고 시작한다.

흥미로운 이야기

나: So impressed by P's story! P의 이야기가 너무도 감동
적이었어!

친구: Everyone's life stories are interesting. 누구나 흥미로
운 인생 이야기를 가지고 있지.

나: '아! 역시 또 하나를 배우네.'

나의 말은 자주 표면적이고 친구의 대답엔 언제나 진리가
숨어있다. 이번 한 번이 아니다. 그녀는 늘 옳은 말 사전이라
도 손에 쥐고 있는지 툭툭 내어내는 말마다 마음 깊은 곳을
자극한다. 감정을 흔들어 놓는다. 그녀의 말이 옳다. 누구의
삶도 흥미롭지 않은 게 없다. 우리는 모두 감동적인 이야기의
소유자다.

이태원에는 몸집이 큰 C빌딩이 있다. 이 큰 빌딩이 비가 오나, 눈이 오나 이곳을 지키고 있는 동안 작은 매장들은 생겼다 사라지기를 반복한다. P와는 그 옆 카페에서 오후 두 시에 만났다. 이태원에서 그의 레스토랑을 모르면 간첩이라 할 만큼 이태원 토박이 사장님이다. 그는 한국으로 돌아온 캐나다 교포로 90년대 말부터 이곳 이태원에서는 알고 보면 잔뼈가 굵은 사업가이다. 그가 하는 아메리칸 스타일의 중국 레스토랑, 코리안 바비큐, 멕시코 식당, 피자가게까지 모두 프랜차이즈화 되있다. 교포 사회에서는 어떤 연예인만큼이나 잘 알려진 인물이다. 이야기를 듣는 내내 그의 사업수완과 실행력, 그리고 디자인적인 발상이 참 부러웠다. 사업가로 태어나셨다며 내내 P를 칭찬했다. 그의 흥미로운 이야기 안에는 이방인으로서 그동안의 좌절과 실패, 감내하고 받아들여야 했던 이태원에서의 삶이 들어있었다.

그가 말했다.

"이태원은 과거와 달리 많이 변했어요. 미군 부대가 옮겨지면서 이젠 미군 손님도 사라졌죠. 서양식 레스토랑들이 많이 사라졌어요. 한국으로 들어오는 외국인 근로자들도 많이 줄었고요. 이젠 이태원의 주 고객이 한국인 10대, 20대들이에요. 저희 레스토랑은 그래도 잘 견디고 있죠.”

그의 레스토랑은 외국인들 사이에서 잘 알려져있다. 나 또한 한국을 방문하는 외국인들에게 꼭 추천하는 곳이기도 하다. 쾌적하고 동서양이 섞인 듯한 스타일리쉬한 공간에서 코리안 바비큐를 즐길 수 있다.

“네 맞아요. 저도 얼마 전 몇 년 만에 다시 이곳에 왔었는데, 많이 변했더라고요. 예전에 갔던 곳이 거의 다 사라졌어요. 당신 식당만 빼고요. 참 아쉽네요.”

나는 그의 말에 동의하며 콧잔등을 찡그렸다. 자주 갔던 프랑스 레스토랑, 불가리아 레스토랑은 사라진 지 오래고, ‘하이 스트릿마켓(외국식재료 마켓)’도 흔적이 없다. 근처에 있던 유명 빵집도, 피자가게도, 어디로 옮겼는지 보이지 않는다. P의 레스토랑만 그대로다.

그는 자신의 성공담을 내세우기보다는 오히려 겸손한 모습이 참 배울 점이 많아 보였다. 그와의 흥미로운 만남을 친구에게 말하느라 신이 났었다. 그런 나에게 친구는 P뿐만 아니라 누구에게나 배울 점이 있다고 한다. 친구의 말이 옳다. 내가 만난 사람들은 모두 결국 나의 스승이었다.

P에게도 그랬으리라. 지금까지 일구어낸 사업은 혼자의 힘으로 하지 않았다. 함께 한 파트너도 있었고, 잘되기를 마음으로 응원해 준 사람도 있었다. 피치 못할 상황에서는 원치 않는 사람과도 함께 해야 했으리라. 과거 이태원은 이방인에게도 그리 호락호락한 곳이 아니었다. 흔히들 짐작하듯이 지역마다 "관리"하는 집단이 있지 않은가. 늘 원하는 사람들하고만 지낼 수 없는 것이 인생이다. 사업을 할 때면 더더욱 그렇다. 직면하고 해결해야 할 일들이 얼마나 많을까. 그럼에도 불구하고 멈추지 않는 이유는 꿈이 있어서겠다. 그 꿈을 이루기 위해선 무엇보다 실천이 중요하고 누구와 함께하느냐도 중요하다.

인간은 혼자 독불장군처럼 살 수 없다. 함께하면 멀리 간다는 말이 있다. 중요한 건 사람들과의 관계 속에서 중심을 잘 잡고 가는 것이겠다. 완벽한 사람은 없으니 처세술이 나온 건 아닐까 하는 생각도 든다. 그렇다고 타인을 거짓으로 대하라 제의하는 건 아니다. 꼿꼿한 대나무보다 흔들리는 갈대가 바람에 꺾이지 않듯, 관계에서도 유연하게 대처할 필요가 있다. 나에게 가장 취약했던 부분이 바로 이점이었다. 흑백논리가 강했기에 관계에서도 맺고 끊음이 명확해야 한다 생각했다. 그러나 그럴 필요가 없다는 걸 많은 이들과 소통하며 알았다. 지금 맞지 않는다하여 영원히 맞지 않는 관계가 될 리는 없다. 아무도 모르는 게 세상사라 하지 않은가. 어쩌다 같이하고 또 어쩌다 멀리하게 되는 관계는 자연스러운 갈대와 같은 관계이다. 애써 미워하거나 집착할 이유가 없다. 함께 할 때 마음을 다하고, 좋은 사람이면 내가 더 좋아하면 또 어떤가. 서로 좋은 에너지를 주는 관계가 좋은 관계라 생각된다. 실수해서 좋은 사람을 떠나보냈다면, 그 또한 성찰을 통해 같은 실수를 반복하지 않으면 되지 않은가. 실수하고, 시행착오를 겪을 수 있다. 이런 일도 일어나고, 저런 일도 일어난다. 그러니 혹여 불안해하는 나에게 이렇게 말해주면 어떨까.

"모자라도 괜찮아. 실수해도 괜찮아. 사람이니 당연하잖아. 시간이 지나면 알게 될 거야. 우리는 모두 각자 대단하고, 흥미로운 삶의 이야기꾼이라는 걸."

신흥시장

해방촌 꼭대기, 언덕의 꼭짓점에 평평한 길이 있다. 예스러운 80, 90년대 분위기가 물씬 풍긴다. 이 길에는 파리바게뜨와 함께 90년대부터 한국의 대형 프랜차이즈 빵 문화를 이끌어가는 뚜레쥬르 빵집, 그 옆에는 시골 보석당 분위기가 물씬 풍기는 금은방, 그리고 그 맞은편에는 은빛 갈치와 등푸른 고등어가 반짝반짝 빛나는 생선 가게가 있다(지금은 유명 커피 브랜드점이 들어서고, 생선가게가 사라져 풍경이 조금 바뀌었다). 그 옆에는 과일 가게가, 맞은편에는 동네 문구점이, 정육점이, 방앗간이…. 가게 하나하나 예스러운 분위기가 마치 시골 읍내를 보는 듯하다. 이곳은 최신형 LED TV 스크린보다 브라운관 텔레비전이 어울린다.

그런 생각도 잠시, 한쪽에는 최근에 생긴 듯한 무인 카페와 힙한 수제 향수 가게, 그리고 청년들이 운영하는 아담하고 예쁜, 소위 말해 요즘 감성을 지닌 카페도 있다. 예스러움과 최신 트렌디한 감성이 함께하는 길이다. 날이 좋으면 동네 어르신들이 부동산 가게 앞에 조르륵 앉아 일상을 나누고, 맞은편에는 오렌지 착즙 주스를 주문하고 기다리는 청년들이 있는 길.

이 길을 걷다 중간쯤에 다다르면 지하로 내려가는 듯한 좁은 계단이 나온다. 좁은 길은 마치 미지의 세계로 훅하고 빨려 들어가는 느낌이 들기도 한다. 신흥시장으로 가는 길이다. 처음 이곳을 보았을 땐 상하이의 파운드Found가 생각났다. 인도를 걷다가 지하로 내려가는 계단을 따라가면 펼쳐지는 "지하 세계"이다. 대지가 몇만 평쯤은 되어 보이는 넓은 곳에 트렌디한 바와 서양식 레스토랑들이 어우러져 있다. 중국 정부에서 과거 외국 상권을 한곳에 모아 놓을 목적으로 만든 곳이다.

이곳 신흥시장은 파운드처럼 높은 지대에서 내려가는 길이 있는가 하면, 반대편으로 버스가 다니는 오르막 도로를 타고 들어가는 길도 있다. 특이한 구조이다. 지하가 되기도 하고, 평지가 되기도 한다. 산이 많은 한국의 지형이 잘 드러난 곳이다. 시장에는 투명한 가림막이 하늘 높이 설치되어 비를 막을 수 있게 설계되었다. 요즘 유행하는 바와 서양식 레스토랑, 카페가 주를 이루고 있는데, 최신 액세서리 가게와 한국식 식당도 보인다. 그중 과거 이곳 상권의 역사를 볼 수 있는 니트 옷 가게가 있는 것이 흥미롭다.

해방촌은 과거에 니트 산업이 성행했던 곳이다. 지금도 여전히 길을 걷다 보면 니트를 만드는 소상공인의 일터를 발견할 수 있다. 열려있는 문틈 사이로 수북이 쌓여있는 니트를 다리는 바쁜 손길에서 오래된 숙련공의 노하우가 느껴진다. 과거에는 더 흥했으리라. 점점 사라지는 예스러운 장소들과 물건들. 80, 90년대. 아니 그 이전의 시대를 충실히 살아낸 분들이 있었기에 현재 우리의 시대가 존재하리라.

레트로와 아날로그가 점점 더 유행이다. 뭐든 눈 깜짝할 속도로 빠른 지금과는 달랐던 과거엔 그때 그 시절의 감성이 있었다. 마치 유럽의 벨 에포크Belle Époque(19세기 말부터 1차 세계 대전 전의 유럽의 태평성대 시기)나, 상하이의 2, 30년대, 한국의 경성 시대에나 있었던 특별한 분위기같은 그 시절의 감성이 있다. 요즘 시대 사람들이 아날로그에 빠져있는 이유다. 빠르게 휘발되지 않는 잔잔하고 깊이 있는 순간이 그립기 때문이다.

10대 20대들이 트로트를 맛깔나게 부르는 걸 심심치 않게 보기도 한다. 청년들도 80, 90년대 음악에 심취해 있다. 40대, 50대 중년들이 어릴 적 또는 그 전 시대에 입었던 교복을 입어본다. 엄마 세대를 체험하고, 조부모의 생활을 엿본다. 나는 어릴 적 원피스 수영복을 입고 환하게 웃고 있는 발랄한 소녀를 본 적이 있다. 엄마의 처녀 시절 사진 속 모습이었다. 아버지가 고등학교 교복을 입고 있는 사진도 생각난다. 우리네 부모님의 결혼사진은 또 어떤가. 곱디곱고 젊고 빛났던 부모님. 세월이 한참 지났어도 그 사진보다 더 진한 감동을 주는 장면을 보지 못했다. 후세대들이 바라는 감동이 바로 그런 온기 있는 인간적인 감성이 있는 모습이 아닐까. 세밀한 부분까지 확대하여 볼 수 있는 딱 떨어지는 세상이 아닌, 아날로그 필름이 만들어내는 불확실한 경계와 기다림의 시간 말이다.

시대가 급격히 바뀌어서 세대 간의 격차가 있어도 희망이 있다. 후세대가 전세대의 생활을 경험하고픈 마음이 레트로와 아날로그에로의 관심으로 표현된다고 본다. 그때 그 시절을 기억하려는 이들이 있는 한, 세대는 소통하고 함께 살아가는 포용력이 생긴다. 과거는 지금도 현재진행형이다. 지금의 포용이 미래를 만든다. 과거와 현재가 어우러진 신흥시장에서….

Aeil!애일

인연(인연 因緣, 因 인할 인, 緣 인연 연)이란 말이 있다.

因 인할 인: 말미암다. 말미암아 일어나는 일. 우연이 아니라는 말이다. '우연이 아니다'는 생각이 들 때가 있다.

6월, 어느 날 처음 뵌 분에게 꽃을 선물 받았다. 씨와 모종을 합해서 총 10가지를 택배로 보내 주셨다. 우연히 펜션에 딸린 한 레스토랑에 갔다가 꽃이 가득한 정원을 발견했다. 총면적이 몇백 평쯤은 쉬이 되어 보였다. 내가 갔을 때는 알록달록한 수국과 처음 보는 작디작은 꽃들이 한창이었다. 크고 화려한 수국 옆에 작고 연약한 이름 모를 꽃들이 여기저기 뭉게뭉게 피어있었다. 가운데에는 조그만 조약돌로 된

오솔길이 있었는데 마치 동화 나라에 온 듯했다. 파스텔톤의 연보라, 분홍, 노랑, 초록, 하얀색 꽃과 식물을 보고 있자니 내내 감탄사가 터져 나왔다.

"와! 이렇게 아름다운 정원이 있다니! 어쩜 이리 예쁘게 잘 만들어 놓았을까? 꽃 색깔도 넘 예쁘다. 환상적이야!"

그 소리를 들었는지 때마침 정원을 가꾸던 여인이 다가오더니 말을 건다. 레스토랑 사장님이시다. 그녀는 펜션과 레스토랑을 운영하면서 넓은 정원도 가꾸고 있다고 하였다.

'펜션과 레스토랑을 함께 운영하는 것도 벅찰 텐데, 정원까지 이리 정성스레 가꾸시다니!'

열정이 대단한 분이심은 틀림없어 보였다. 정원이 너무 예쁘다며, 내 마음에 쏙 든다며 말씀드리고 있는데 대뜸 꽃씨를 주시겠단다. 처음 보는 나에게 그렇게 선뜻 마음을 내주신다. 뜻밖의 선물에 감사하다며 인사를 드리고 가려는데 이번엔 택배로 모종도 보내 주신단다. 깜짝 놀라 진심이시냐 물으니, 꽃을 나누는 걸 좋아하신다며 오히려 기뻐하신다.

시골에 있는 엄마가 생각났다. 엄마가 유독 꽃을 좋아한다는 걸 얼마 전에야 알았다. 무심한 딸이다. 어릴 적부터 엄마는 논과 밭에서 작물을 키우는 고단함에도, 늘 화단에 예뻔 꽃을 가꾸었다. 그때는 왜 몰랐을까? 엄마는 때마다 장미와 수선화, 목단꽃, 봉숭화 같은 꽃을 일일이 살피고 정돈했다. 그런 엄마의 화단은 색색이 화려했고 단정하고 예뻤다. 나는 모종을 심을 화단이 없다며 대신 엄마 집으로 보내달라니 흔쾌히 응하신다. 그렇게 엄마의 화단에 제주도 사장님의 꽃이 자라기 시작했다.

3개월 후에 엄마가 사진을 보내왔다. 모종이 튼튼히 자라 꽃을 피운 모습이다. 진초록 자잘한 잎에 빨갛고 자그마한 얼굴을 한 꽃은 아기 별꽃이란다. 또 다른 꽃은 보라 아게라툼이라는 꽃이다. 엄마에게 받은 꽃 사진을 제주도 사장님께 전달하니 그렇게 좋아하실 수가 없다. 서로 일면식도 없는 이들이 꽃으로 연결되었다. 뜻밖의 감사한 경험이었다.

우리는 늘 사람들을 만난다. 처음부터 어떤 목적을 가지고 만나는 경우도 있으나 우연한 만남도 있다. 후자의 경우, 보통 큰 의미를 두지 않는다. 잠깐 볼 사이라는 생각에서다. 요즘은 생각이 조금씩 바뀐다. 목적이 있는 만남이든, 우연한 만남이든 모두 '인연'일 수 있다. 무엇에 말미암아 일어난 일이니 허튼 만남은 아니다. 어떻게 받아들이냐에 따라 달라진다.

최근 우연히 찾아 들어간 한 식당에서도 비슷한 경험을 했다. 8월의 마지막 날. 집 주위를 배회하고 있었다. 혼자만의 시간이 필요했다. 한두 시간 조용히 집중할 수 있는 곳을 찾는데 쉽지 않다. 이태원 일대는 저녁이면 바와 레스토랑이 사람들로 붐빈다. 이날도 역시 그랬다. 동네를 한 바퀴 돌고도 갈 곳이 없어 포기하려던 찰나 못 보던 식당 하나를 발견했다. 안을 슬쩍 들여다보니 한 그룹의 손님들과 주방에서 일하는 두 사람, 총 다섯 명이 있을 뿐 조용했다. 인테리어도 편안해 보이고, 메뉴도 맘에 들었다. 고등어회와 구운 파프리카 소스, 소고기 타르타르에 치즈, 베트남 춘권에 치즈, 양고기 구이 등 프렌치 스타일의 퓨전 음식들이었다. 메뉴를 보니 더 궁금했다. 가격도 적당해서 문을 열고 들어갔다.

식당 안에는 조용한 재즈 음악이 흘렀다. 둥구 모양의 작은 어항에는 붉은 금붕어가 유영하고 있었다.

'역시 생명체는 어딜 가나 힐링이 되는 건가.'

어릴 적 집에 있던 어항과 닮아서 그때 그시절로 돌아가는 기분이 들기도 했다. 어항에 갇혀있는 금붕어가 안 돼 보이지만, 아이러니하게도 보고 있자니 마음이 차분해진다. '아! 생각 정리하기에 딱 맞는구나!'하며 구석에 있는 테이블로 직진하려는 찰나, 주인 같은 청년이 말한다.

"여기 바에 앉으시는 게 어떠세요?"

순간 잠시 머뭇거린다.

'음…, 바에 앉으면 대화하게 될 텐데, 그럼 뭘 혼자 쓰기도 그렇고, 생각 정리는 잘 안되겠는데….' 그러다 '세상이 이끄는 대로 하는 것도 나쁘진 않지.'하고 그의 손짓을 따라 바에 자리 잡는다.

그는 표정과 목소리에서 착함과 강단이 묻어났다. 식당의 내부 인테리어와 메뉴, 음악 선곡까지 모두 그의 작품이라 한다. 꽤나 센스가 있었다. 보통 경력은 아닌 듯하다. 옆에 함께 있는 다른 청년은 그와 오랜 친구라 한다. 빵과 디저트를 담당하고 있었다. 그 또한 매우 착해 보였다. 비슷한 사람끼리 만나나보다.

처음인데도 대화가 잘 통하는 만남이 있다. 제주도에서 만난 펜션 사장님도 집 근처에서 만난 식당 주인도 그랬다. 청년 주인에 대해 조금 더 이야기하자면, 식당은 이름이 Aeil애일이다. 돌아가신 어머니의 성함이란다. 평생 할 생각으로 식당을 꾸몄다고 한다. 돌아가신 어머니의 이름을 걸고 정직하게, 초심을 잃지 않고 싶다고 한다. 좋은 재료를 사용하고, 늘 손님들께 최고의 음식을 드리고 싶다 한다. 그의 다짐에 마음이 겸허해졌다. 나는 어떠한가? 그처럼 확실한 신념과 태도라는 게 과연 있기나 한 걸까? 한참 어려 보이는 청년 주인에게 배울 점이 많았다. 생각 정리는 그렇게 스스로에게 하는 질문으로 돌아왔다.

음식과 와인, 모든 것이 완벽했던 8월의 마지막 날. 이제 식당을 나서려는데 주인이 내게 말한다.

"오픈한지 2주 차라 벽이 유독 하얗습니다. 작가시니 좋은 문구를 써주시면 좋겠습니다!" 그리고 보니, 하얀 벽은 먼지 하나 묻어있지 않은 듯 깨끗하고 비어 있다.

"초면에, 그래도 될까요? 벽이 너무 깨끗한데, 괜히 제가 망치는 건 아닐지요?"라 하니 오히려 영광이란다. '좋다. 쓰자. 이왕이면 그에게 도움이 되는 말이면 좋겠다'며 곰곰이 생각하다 불어 문구 하나를 찾아 적는다.

Chaque jour, pense au réveil, aujourd'hui, j'ai la chance d'être en vie,

j'ai une vie humaine précieuse, je ne vais pas la gaspiller.

-Dalaï Lama-

매일, 아침을 맞으며 생각해 보세요. 오늘 내가 살아있다는 것이 얼마나 행운인지요. 내게 주어진 이 소중한 인간으로의 삶을 절대로 낭비하지 않을 것입니다.
-달라이 라마-

뜻을 주인에게 해석해 주며 '소중한 인간으로의 삶을 절대로 낭비하지 말자!'는 대목을 강조한다. 그런데 어찌하여 그 메시지가 내 가슴에 꽂히는 걸까. '나는 인간으로서 하나밖에 없는 이 시간을 정말 소중히 보내고 있기나 하는 걸까.' 그날 내 생각 정리는 그렇게 질문과 반성으로 가득했다. 조용한 곳을 찾아 헤매지 않았다면 만나지 못했을 그. 정원을 유심히 보지 않았다면 담소를 나누지 못했을 그녀. 우연한 만남이 아니다. 그녀를 통해 엄마와의 추억이 생겼고, 그를 통해 나와의 시간을 가졌다. 삶은 그렇게 온통 말미암은 만남으로 가득하다. 인연으로 가득하다.

남산도서관에서
다시 만난 하루키

대학생 때다.

"아니, 뭔 결말이 이래? 참나! 내가 뭘 읽은 거야? 다 죽고 사라져? 이 사람은 어디라는 거야 지금? 도대체 무슨 말인지 알 수가 없네!" 마지막 장을 차마 덮지 못하고 중얼거린다. 책을 읽다 보면 이렇게 도저히 이해가 안 되는 결말을 마주할 때가 있다. 이해가 안 된다기보다는 인정이 안 된다는 게 맞을지도 모르겠다. 〈상실의 시대〉는 내게 그랬다. 모호하게 흩어지는 흐릿하고 찜찜한 감정이 일어났다. 짜증이 났다. 결론은 명확해야 한다.

그 뒤로 하루키라면 괜히 고개를 흔들었다. 미완으로 끝난 결말에서 감정이 올라왔다. 웬만하면 그를 피했다. 그랬는데 다시 만났다. 남산도서관 문학실 한쪽에 그가 있었다. 〈달리기를 말할 때 내가 하고 싶은 이야기〉, 〈고양이를 버리다〉, 〈1Q84〉, 〈기사단장 죽이기〉, 〈해변의 카프카〉, 〈일인칭 단수〉. 가지런히 일렬로 내게 다시 말을 걸어왔다. 내가 외면하고 있던 사이, 그는 참으로 많은 말을 하고 있었다. 그 앞에 서서 제목을 찬찬히 훑어본다. 모두 이미 궁금해지는 제목이다.

"쳇! 매번 제목은 화려해. 이번에도 그러네!"

그중 유독 나의 시선을 사로잡는 책이 있었다. 〈일인칭 단수〉. 얇고 딱딱한 양장본이 왠지 하루키처럼 무심하고 간결해 보인다. 책을 집어 엄지에 힘을 꽉 주고는 휘리릭 책장을 튕겨본다. 내용을 바로 알 수는 없으나 책장 사이로 그 특유의 단어들이 공기 중으로 튀어 오른다. "돌베개에, 크림, 당신과 나는, F*, 원숭이, 일인칭" 등등.

'일인칭이라… 주인공 한 사람에 관한 이야기인가?'

독특한 제목과 얼핏 보아도 흥미로운 단어들이 좌뇌를 자극한다. '이번에는 결론을 내겠어!' 책을 대출했다. 미완의 기억을 뒤로하고, 다시 그와의 대화를 시도한다. 해결되지 않은 감정과 이별하고 싶어서다. 20년 만이다.

소월길에는 양옆으로 두 도서관이 마주하고 있는 지점이 있다. 402번, 405번 버스 정류장 근처이다. 한쪽은 용산도서관, 다른 쪽은 남산도서관이다. 두 곳 모두 역사적인 건물이다. 용산도서관은 처음엔 인쇄소였다. 70년대 박정희 시대엔 민주공화당사로 사용되었다가 81년에 도서관으로 바뀌었다. 남산도서관은 서울의 제1호 국립도서관이고, 2022년에는 개관 100주년을 기념했다. 나는 이 역사적인 두 도서관을 오가며 책을 읽고 글을 쓰기를 몇 년간 반복했다. 그럼에도 한 번도 하루키를 만난 적이 없었다.

〈일인칭 단수〉 First Person Singular는 그의 2020년 작이다. 이 책을 쓴 시점이 코로나가 한창이었을 때나 바로 전이었겠다. 그의 나이 70세. 오랜 세월이 흘렀어도 문체는 여전히디. 무심하고 간결하나, 구체적이고 세심하다. 집에 돌아와 앉은 자리에서 그를 계속 읽고 있다. 끝까지 독자를 놓치지 않는 그만의 흡입력이 여전하다.

마지막 챕터이다. 이 책의 제목이기도 한 "일인칭 단수". 그동안 해결되지 않은 감정을 이제는 마무리할 수 있지 않을까 하는 기대가 있다. 그 해결되지 않은 감정이라는 것은 명확지 않았다. 그저 나도 모르게 짜증이 났고, 명치가 조여왔다. 마지막 챕터의 결말을 읽고 책을 덮었다. 알 수 없는 고요가 찾아 왔다. 나는 작가에게 무엇을 기대한 걸까. 아니 정확히 말하자면 나는 '타인에게' 무엇을 기대한 걸까. 이 책도 〈상실의 시대〉와 다를 바 없다. 모호하고 알 수 없는 결말이다. '아~! 나 또 속았나?'라고 생각되는 순간. 책 제목이 눈앞에 클로즈업된다.

"일인칭 단수, 일인칭 단수!" '그래, 이 바보야! 너! 너 말이야!'라고 온몸으로 외치는 듯하다. 나였다. 내가 하면 되었다. 결말은 내가 만들면 되었다. 작가의 말을 기다릴 것이 아니라, 내가 말하면 되었다. 그 누구의 허락도 필요치 않았다. 어떤 결말을 선택하든 내 마음이었다. 답은 내가 찾고 내가 쓰면 되었다.

막내로 태어나서 의견 없이 살았다. 내 허약한 몸이 가족에게 경제적 부담으로 전이되지 않게 늘 마음졸였다. 사건 사고는 알아서 정리정돈해야 했다. 나보다 부모의 표정을 살펴야 했다. 나로 살지 않았다.

일인칭 단수로써의 삶은 모호한 상황에서 명료함을 찾을

수 있는 힘이다. 내가 나로 실존하는 가장 간단하고 명확한 관계이다. 그 간단한 관계를 맺는데, 어림잡아 20년 아니 40년이나 걸렸다. 누군가 내려주는 결론은 내 것이 아니다. 두 개의 길을 사이에 두고 방황해도 일인칭인 내가 선택하면 된다. 내 선택을 믿는 힘이 있다면 도착지까지 무사히 다다를 수 있다. 그곳이 어디든, 누구와 함께이든 일인칭 단수! 나로 우뚝 서야 한다.

6
사랑

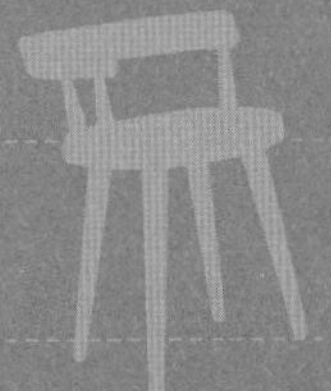

사랑

아파서 사랑이라 합니다. 당연합니다.
그가 아닌 내가 아픕니다.
그가 아닌 나를 사랑한 것이었습니다.
내 시간이, 내 기억이 잊혀질까 두려웠습니다.
내 것이 소중했습니다.

가슴에 손을 얹고 말해 봅니다.
내가 안전하기를 바랍니다.
내가 건강하기를 바랍니다.
내가 행복하기를 바랍니다.

또 말해봅니다.
당신이 안전하기를 바랍니다.
당신이 건강하기를 바랍니다.
당신이 행복하기를 바랍니다.

밀로의 해방촌 길

9년 전인가. 처음 해방촌을 방문한 건 어느 봄날이었다. 순전히 우리 밀로 덕분이다. 우리가 살던 명동의 아파트에는 3층과 옥상층에 꽤 넓은 공원이 있었다. 입주민들이 산책하거나, 휴식을 취하기에 좋았다. 특히 사람들이 잘 찾지 않는 옥상에는 강아지들이 목줄 없이 뛰어놀기에도 좋아서 자주 이용했다. 문제는 프랑스 사냥개의 혈통을 지닌 우리 밀로는 조금만 속도를 내면 바로 공원의 끝에 다다르곤 했다. 밀로에게 아파트 공원은 턱없이 좁은 놀이터였다. 차라리 10분 거리에 있는 남산 공원을 걷거나, 집 근처 명동과 회현동 동네를 한 바퀴 산책하는 편이 나았다. 회현동을 지나 백범광장으로 가기도 했다. 거기까지였다.

그러던 어느 날 백범광장을 벗어나 소월길을 걸었다. 버스가 다니는 제법 큰길이다. 남산 순환로라고도 불리는 곳이다. 새로운 길을 걷는 건 늘 설레고 재미있다. 소월길을 따라 걷는데 참 멀리 왔다 싶은 순간이었다. 오른쪽으로 갈림길이 나타났다. 어떤 동네로 들어가는 입구인 듯했다. 해방촌이었다. 비탈길을 미끄러지듯 내려오니 바로 오거리가 나왔다. 다섯 갈래로 나누어진 길이 모두 어디론가 향하고 있었는데 도무지 어디가 어딘지 알 길이 없었다. 잠시 머뭇거리니 밀로가 나를 쳐다본다. 그러고는 한 방향으로 고개를 돌린다.

"그래 왼쪽으로 가보자, 밀로."

밀로는 아까부터 그저 새길이 재미있는지 연신 기분 좋은 표정으로 내게 눈인사를 한다. 왼쪽으로 내려가면 오던 길의 반대 방향이다. 집과 더 멀어진다. 괜찮다. 밀로와 함께이니 무서울 건 없다. 그도 그럴 것이 밀로와 만나는 새로운 세상은 늘 신나고 재밌었다. 높은 동산 같은 오거리에서 아래로 5분쯤 내려갔을까? 런더리 프로젝트라는 감성적인 빨래방이 보였다. 카페 같기도 했다. 테라스가 있어 후에 밀로와 올 수도 있는 곳이다. 딩동! 체크! 밀로와 갈 수 있는 곳은 늘 이렇게 마음으로 기억해 놓는다.

비탈길은 계속 이어졌다. 종종걸음으로 조금 더 내려가 동산의 중턱까지 내려오니 강아지 유치원이 보인다. 쾌거다! 때마침 밀로를 하루쯤 맡길 곳을 찾고 있었는데, 오호! 잘됐다 싶었다. 미리 체크를 해볼 겸 들어가 보기로 했다. 조심스레 철문을 열고 계단을 내려가니 이내 커다랗게 통유리로 된 벽을 통해 내부가 훤히 보인다. 안에는 강아지들이 삼삼오오 모여 터그놀이를 하거나, 실내를 뱅글뱅글 뛰어다닌다. 어찌나 신나게 노는지 모두 혀가 밖으로 늘어져 헉헉대고 있다. 다들 소형견이다. 우리 밀로 같은 크기의 강아지는 보이지 않는다.

주인인지 문을 열고 인사를 한다.

"안녕하세요, 어떻게 오셨어요? 아이를 맡기려고 하시나요?"

"아, 네. 지금 말고, 다음번에 가능하면 부탁드리려고요."

주인은 밀로에게 슬쩍 눈길을 주더니 묻는다.

"아이가 순한가요?"

"아, 네. 네. 그럼요. 사회성도 좋아요."

"네. 그럼, 잠시 들어오세요. 아이가 커서, 소형 개들한테 젠틀하게 행동하는지 테스트해 봐야 해요."

우리 밀로는 누구와도 잘 논다. 문제는 가끔 젠틀의 단계를 넘을 때가 있다. 기분 좋게 노는 건지, 누가 더 잘 노나 경쟁을 하는 건지 모르게 좀 지나치지 않나 싶을 만큼 흥분할 때가 있다. 주인은 나와 이야기를 나누면서도 다른 강아지들과 놀고 있는 밀로를 유심히 지켜본다. 그러더니 잠시 뒤 고개를 끄덕하며 허락의 사인을 준다. 카리스마가 넘치고 프로답게 보였다.

작은 친구들과의 짧은 뜀박질 놀이를 뒤로 하고, 우리는 다시 해방촌 비탈길을 아래로 걸었다. 이때부터는 길이 제법 평평했다. 위쪽과는 달리 슈퍼와 철물점, 목재를 다루는 가게 같은 상점들이 있다. 조금 더 아래로 내려오니 인터넷 블로그에서 본 유명한 햄버거집이 보였다. 전체적으로 동네가 매우 조용하고 오래전부터 터를 잡은 원주민이 많았다. 옆 동네인 화려한 경리단길과는 대조되는 모습이다.

길의 끝에 다다르자, 오른쪽에 일렬로 쭉 늘어선 장독대가 보였다. 해방촌 길 초입이다. 엄마 집 뒷마당에 있을 법한 옹기들이 일 층, 이 층, 삼 층으로 쌓여있는 것이 이곳의 랜드마크처럼 인상적이다. 밀로는 이제는 프랑스로 돌아갔다. 밀로와 처음 만난 해방촌은 그렇게 새롭고, 즐거웠고, 설레었다.

　해방촌도 이제 많이 변했다. 더 세련되고 화려해졌다. 더 활기차지고 모던해졌다. 처음이라는 기억은 수년이 지나도 잘 잊히지 않나보다. 밀로와 걸었던 봄날. 선선한 바람이 불었고, 공기가 낯설었다. 눈빛만 봐도 통하는 나의 사랑하는 밀로와 함께였다. 그날의 기억이 어제처럼 생생하다.

수선화

주말에 언니가 사진을 보내왔다. 수선화다. 아직 바람이 제법 찬데 사진에는 따듯한 봄기운이 가득하다. 엄마집 화단에 핀 노란 꽃이 마당 안에도 밖에도 풍성하다. 근처 농원에서 사서 바로 심은 듯 싱싱해 보인다.

"어! 오늘 수선화 심었어? 예쁘다."

엄마의 화단에는 철마다 피는 꽃이 다르다. 보는 즐거움도 다채롭다. 이번 봄에는 수선화를 가득 심었나 보다.

"아니, 몇 년 전부터 있었어."

언니의 대답이 의외다.

언니네 부부는 주말이면 자주 엄마 집을 방문한다. 엄마

대신 집 이곳저곳을 돌보기 위해서기도 하다. 이번에는 봄 단장을 위해 화단을 정리했나보다 했는데 아니었다.

'봄에도 엄마 집에 갔었는데? 난 왜 못 봤지?' 처음 보는 수선화를 보며 혼자 생각에 빠졌다. 엄마의 화단은 계절마다 다른 꽃들이 피어난다. 여름에는 봉숭아꽃과 장미. 가을에는 국화. 봄에는….

그랬다. 봄에는 목단이 피었었다. 그러고 보니 엄마의 화단을 가장 먼저 장식했던 꽃은 언제나 목단꽃이었다. 엄마는 활짝 핀 꽃을 가리키며 말했다. "이 꽃은 아버지가 선물해 준 거잖아. 기억나니?"

기억날 리가 없다. 아버지는 아주 오래전 내가 열네 살 때 돌아가셨다. 아버지가 엄마에게 선물한 목단꽃이 지금도 꽃을 피우다니, 그저 신기할 따름이다. 엄마의 화단에는 사랑과 정성이 녹아 있었다.

해방촌에서 지내면서도 어르신들이 가꾸는 화단을 볼 기회가 많다. 화단은 대부분이 항아리로 되어있다. 어르신들은 간장이나 고추장 대신 물이 잘 빠지는 독에 흙을 담아 채소를 심고 꽃을 심는다. 엄마의 텃밭이나 화단처럼 널찍하진 않지만 각자 집 앞을 장식하기에는 충분하다. 이곳 풍경은 좀 특별하기도 다채롭기도 하다. 과거와 현재가 공존하는 느낌이다. 오래전부터 터를 두고 있는 연세 지긋한 원주민들과 새로운 카페와 레스토랑, 바Bar가 생겨나면서 찾아드는 젊은층들과의 조화. 생경하면서도 친숙하다. 외국인들도 대거 거주하니 어쩌면 지구촌의 축소판 격인 장소가 아닐까. 길을 걷다 내복 차림으로 화단을 정리하는 어르신들과 마주할 때면, '이곳이 21세기 서울인가'라는 생각이 들다가도, 근처 매우 근사한 바에서 외국인 친구와 위스키를 마시고 있노라면 '이곳이야말로 21세기 서울이지'라는 생각을 또 하게 된다.

서울에 사는 언니는 내가 해방촌으로 살 곳을 옮기겠다고 하자, 극구 말렸다.

"그곳 말고 다른 곳으로 알아보는 게 어때?"

"그게 무슨 말이야?"

"옛날에 거기서 사건 사고가 많았다던데…."

언니가 말하는 '사건 사고'는 아마도 이 지역의 특성상 과거에 발생했던 일이 아닐까 한다.

해방촌은 1945년 해방 직후 외국에서 돌아온 국민과 북한에서 내려온 실향민들이 터를 잡고 살기 시작한 마을이다. 처음엔 정부의 허가를 받지 않는 판잣집들도 많았다. 철거하려는 정부와 삶의 터전을 잃지 않으려는 이주민들 간의 팽팽한 신경전. 이런 비슷한 분위기였지 않았을까. 2009년 어느 날 저녁 장을 보러 가는 길이었다. 버스에서 내리자 전경들이 일렬로 서있었다. 맞은 편에서 쾌쾌한 연기와 함께 순식간에 불꽃이 일어나는 것이 아닌가? 병이 깨지는 소리, 어떤 이의 짧고 높은 외침! 긴장감이 도는 현장이었다. 놀란 가슴에 웅성거리는 사람들 틈을 벗어나 이마트로 가던 길을 재촉했다. 용산역 앞 재개발 지역에서 일어난 참사였다. 영화 같은 일을 현실에서 목격하고 TV 생중계로도 보았다. 참혹했다. 해방촌 판잣집은 이제 없으나 여전히 어떤 이들에게는 위험한 곳으로 느껴지나보다.

이곳에는 이제 여든이 되신 나의 엄마처럼 연세가 있으신 어르신들도 많다. 엄마는 어릴 적에 부산까지 걸어서 피난 갔던 이야기를 몇 번 해 주신 적이 있다. 연약하고 작은 아이였을 때다. 전쟁의 공포와 피난의 고단함은 세월이 지나도 잊혀지지 않나보다. 엄마는 겨울바람에 귀가 얼고 눈 속으로 발이 빠져 얼었던 그때를 생생히 기억한다 했다.

해방촌의 실향민들도 전쟁의 상처를 여전히 지니고 살고 있지 않을까. 그들에게는 고향을 떠나 정착한 이곳이 이제 제2의 고향이다. 새로 들어선 레스토랑과 카페, 그리고 새 사람들의 유입으로 해방촌의 풍경이 빠르게 바뀌고 있다. 시대의 변화를 막을 수는 없겠지만 한 가지 소망이 있다. 옆 동네 경리단길에서 일어난 젠트리피케이션 현상이 이곳에서는 발생하지 않기를…. 외국인들 사이에서는 베지힐vegehill로 불리기도 하는 경리단길은 운치가 있었다. 어쩌면 지금의 해방촌 길과 비슷했다. 작은 바와 로컬 상점이 어우러져 온기가 있었고, 저녁이나 주말이면 바Bar로, 카페로, 식당으로 사람들이 몰렸다. 그런 길에 어느 순간부터 초기에 정착해 있던 사람들이 사라지더니, 큰 건물과 대기업이 들어섰다. 아기자기한 경리단길만의 감성이 사라지고 사람들도 사라졌다. 높은 임대료를 감당할 수 있는 원주민들이 드물었다. 이후로 여전히 회복이 더딘 경리단길. 주인을 찾지 못해 비어 있는 매장이 많다. 같은 일이 해방촌 길에는 일어나지 않기를, 극한에서 사랑으로 가꾼 삶의 터를, 해방촌 항아리 수선화를 언제나 볼 수 있기를!

현충일顯忠日

뚜우－－－－

사이렌 소리인가? 제법 높은 기계음이 울려 퍼진다. 감정 없는 모노톤의 소리가 일자로 평행선을 긋는다. 며칠 전 울렸던 긴급 알람이 떠올라 급히 핸드폰을 찾았다. 아무런 문자도 오지 않았다. 목소리가 한층 격양된 야외 방송도 들리지 않는다. 무슨 일일까. 시계를 보니 오전 10시다.

'아! 6월 6일 오늘이 현충일이구나!'

이내 숙연해져 묵념했다.

'나라를 위하여 목숨 바친 장병과 순국선열들의 고귀한 영혼들이여, 평온하시길…'

조그마한 소리에도 민감하게 반응하는 동네 강아지도 숙연해진 걸까. 조용하다. 온 세상이 고요의 바다에 잠긴 듯하다.

묵념을 끝내고, 재빨리 운동복으로 갈아입고 밖으로 나갔다. 골목을 지나는데 조기를 단 집들이 유난히 눈에 띈다. 오늘은 소월길을 달리는 대신 경리단길 아래 삼각지로 향한다. 전쟁기념관으로 가기 위해서다.

전쟁기념관은 삼각지에 살 때 자주 들렀던 공원이었다. 하늘로 쭉쭉 뻗은 빌딩 숲에서 신호등만 건너면 넓은 잔디밭과 시원한 물줄기를 뿜어내는 분수가 있다. 공원이 꽤 넓어 한 바퀴를 온전히 돌면 한 시간은 족히 걸린다. 그런데 갈 때마다 입구에 있는 동상을 보면 마음이 무거웠다. 바로 형제상 때문이다. 영화 〈태극기 휘날리며〉에서 본 전쟁의 실상과 한민족의 아픔을 상징적으로 보여주는 가슴 아픈 조각상이다.

전쟁이 주는 무게감은 생각보다 묵직하다. 하와이에 갔을 때이다. 진주만 공습의 희생자를 기리는 USS 애리조나 메모리얼 기념관을 방문한 적이 있다. 배를 타고 이동하며 당시의 상황에 관한 다큐멘터리를 보는데 가슴이 미어졌다. 그날의 공습으로 많은 희생자가 있었다. 특히 USS 애리조나호의 침몰로 1,177명의 10대 젊은 청년들이 배와 함께 그대로 수장된 장소 앞에서는 눈물이 흘렀다. 침몰한 배에서 지금도 흘러나오는 석유가 희생자들의 눈물 같았다. 기념관에 도착하니 흰 대리석에 희생된 청년들의 이름이 빼곡히 나열되어 있었다. 말로 형용할 수 없는 슬픔이 올라왔다. 용산 전쟁기념관 입구에도 한국전쟁으로 인해 희생되었던 병사들의 이름이 하나하나 새겨져 있다. 깨알처럼 작게 새겨진 이름 석 자가 한 사람이 걸어온 삶의 총체 같아 마음이 아팠다. 추모의 벽 앞에 타오르는 꺼지지 않는 불이 우리가 잊지 말아야 할 기억이라고 말해주는 듯했다. 얼마 전 이스라엘과 이란의 우주전을 방불케 하는 전쟁 장면을 보았다. 가짜가 아니라 진짜 뉴스였다. 전쟁으로 사람이 죽는 일만큼은 없으면 안될까.

남북 관계는 외국인커뮤니티에서 단골로 등장하는 대화 주제이다. 국제사회에서 한국은 아직 전쟁 중인 나라이기 때문이다. 한국 전쟁 후의 오래된 휴전 상태가 우리에겐 일상으로 다가올 수 있겠지만 외국인들에게는 다르다. 그들에게는 핸드폰에 뜨는 대피 문자나 북한이 미사일을 발사했다는 기사는 공포에 가깝다. 한 캐나다 지인은 한국에 온 이후로 늘 두려움에 떨었다. 북한에서 미사일을 발사한다는 소식이 있었을 때는 그의 공포감이 최고조였다.

"되도록 빨리 한국을 떠나고 싶어요. 이곳에서 지내는 하루하루가 불안해요."

불가리아 식당에서 있었던 모임에서였다.

케바프체(불가리아식 고기 요리)를 자르며 내가 뭐가 두렵냐는 듯 무심히 물었다.

"정말 두려워요?"

"네, 정말입니다. 거짓이 아니에요."

"그렇게 무서운데 왜 한국에 왔어요?"

"이런 상황을 잘 모르고 회사의 제의를 받고 그냥 왔죠."

너무 예민하게 받아들이는 그를 안심시킬 요량으로 내가 말했다.

"아! 그래도 너무 걱정하지 마세요! 전쟁은 일어나지 않을 거예요. 어렸을 때부터 매번 반복되는 레퍼토리에요. 전쟁은 한 번도 일어나지 않았어요. 매번 그러니 이제는 아무렇지도 않다니까요. 양치기 소년의 메아리 같다고나 할까!"

지금 와 보니 어쩌면 그의 반응이 지극히 정상적이었고 나야말로 비정상적이었다. 전쟁을 겪어보지 않은 사람들은 그 실체를 잘 모른다. 최대한 이해는 할 수 있겠지만, 안타깝게도 부모나 조부모가 겪었을 실상을 알기는 역부족이다. 두려움에 떨던 외국인 지인은 결국 가족과 함께 두바이로 떠났다.

외국인 지인들과 이야기를 나누다 보면 여전히 전쟁 중인 한반도의 현실을 뼈저리게 인지하게 된다. 나는 운 좋게 남쪽에서 태어나 부유하고 자유롭게 살고 있다. 북한 주민들의 삶이 좀 더 평안하고 풍요로워지기를 기원하게 된다. 전쟁으로 인한 인류의 고통이 사라지길 기도한다. 실향민이 터를 잡은 곳인 해방촌, 미8군이 주둔했던 용산기지가 있었던 곳. 이태원에서 맞는 현충일은 언제나 특별하다. 오늘따라 전쟁기념관에 펄럭이는 태극기가 웅장하고, 바닥에 새겨진 문구가 클로즈업되어 다가온다. "If you want peace, remember war. 평화를 원하거든 전쟁을 기억하라."

단풍나무 집에 안기다

"단풍나무 집에서 모일 거야. 같이 하자. 도움이 필요해."

한국으로 돌아오고 얼마 후에 친구가 말했다. 그녀가 이끄는 새로운 커뮤니티에 관련된 일인 듯했다. 지나가는 말로 들은 적이 있었는데 구체적으로 완성되어 가는 느낌이다. 커뮤니티에 관한 컨셉을 잡고 실천하는 과정은 매우 조용했다. 마치 그녀의 집을 지을 때 캐나다의 잔잔한 호숫가까지 길을 내기 위해 그 넓은 땅을 파고 메울 때처럼, 깊은 숲속까지 전기와 수도시설을 끌어오기 위해 요란스레 포크레인을 동원할 때처럼 그렇게 심도 있으나 조용했다.

"오픈암스Open Arms야. 이름이 어때? 잘 지은 것 같아?"

"응, 정말 괜찮은 이름이야. 따뜻한 엄마의 품 같아. 어떤 일을 하는 거야?"

"우리는 한국에 있는 보육원들과 협업해서 일할 거야. 여러 곳이 있어. 아이들을 그저 안아주고 올 거야. 그리고 좀 더 자란 아이들에게는 영어도 가르치고. 쉽고 재미있게 말이지. 10대들에게는 캐나다에서 공부할 수 있는 여건을 마련해주고 싶어. 그러면 나중에 자립하는 데 도움이 될 거야. 너의 도움이 필요해. 언어도 되고, 양 국가의 상황을 너무도 잘 알잖아."

나는 이렇게 좋은 취지의 커뮤니티를 위해 선뜻 발벗고 도와주겠다고 말하고 싶은데 그러지 않았다. 이번엔 망설여진다. 나는 아직 나에게 도움을 줄 시간이 더 필요하다.

"B 고마워, 이번에는 그냥 한 번 참석해 볼게. 그런 뒤에 결정할게. 나는 아직 잘 모르겠어."

'지금 도움이 필요한 사람은 나야, 지금은 다른 사람보다 나를 돕고 싶어.' 친구의 말에 답하고 생각했다. 사람들을 도와줄 수 있음은 누구에게나 뿌듯하고 감사한 일이다. 봉사할 때 느끼는 보람은 해본 사람만이 알 수 있는 특별한 감정이기도 하다. 그러니 열 일 제쳐두고 해야 할 텐데, 이번에는 남이 아닌 나를 돕겠다고 친구에게 돌려 말하는 중이다.

"응, 알았어. 괜찮아. 생각해 보고 언제든지 말해줘."
두리뭉실한 말을 내어도 찰떡같이 알아듣는 사이. 우리는 그런 관계를 10년 넘게 이어왔다.

사람들은 해외 경험이 많은 나에게 묻고는 한다.
"살아보니 어디가 제일 좋던가요?"
그럴 때마다 나는 좀 난감한 것이, 나라마다 문화가 다르고 제도에서 차이가 있으므로 딱히 어디가 가장 좋다고 하기가 애매한 것이다. 고민 끝에 나는 오히려 이렇게 묻는다.

"한국인에게는 한국이 가장 좋죠. 하하하. 굳이 외국에 가시겠다면 어떤 이유인가요? 가족이 모두 이민 가실 건가요? 어린 자녀의 교육 때문인가요? 목적에 따라 다를 수 있어요."
나는 청년이 된 자녀의 인문학적, 철학적인 지적인 활동과 편견 없는 창조적인 활동을 위한 것이라면 프랑스가 좋겠다고 하고, 아시아의 경제 대국을 맛보고 싶다면 쉽지는 않겠지만 중국으로 가면 좋겠다고 한다. 그리고 어린아이의 인성과 평화로운 가족의 삶을 위해서라면 캐나다가 좋겠다고 한다.

캐나다를 떠올리면 나는 '다름에 대한 인정', '사람과 자연에 대한 존중'이라는 키워드가 생각난다. 물론 캐나다도 일자리 구하기가 쉽지 않고 이민자들의 삶은 녹록지 않다. 그러나 상대적으로 사람들의 마음이 급하지 않은 곳이다. 개인의 다름이 존중되고 기다림의 문화가 깊숙이 자리하고 있다. 그래서인지 사람 간의 충돌이 잘 일어나지 않는다. 모두가 선하지는 않지만, 선한 사람들이 많다. 어찌 됐든 내가 만난 캐나다인들은 그렇다.

캐나다인이 주인인 한국식 바비큐집. 단풍나무집에서 오픈암스의 공식적인 탄생을 지켜보았다. 이곳에서 하길 참 다행이라는 생각이다. 캐나다 국기에 그려진 빨간색 단풍나무잎. 어떠한 정치색도 이념도 없어 보이는 참 무미건조한 디자인 같았는데 이제는 달리 보인다. 케니디 특유의 젠Zen스러운 기운이 느껴진다. 친구에게서도, 이곳 단풍나무집에서도.

이곳은 큰 일체형 출입문을 밀고 들어서면 이름처럼 안내 데스크 오른쪽으로, 일렬로 단풍나무가 세워져 있다. 마치 자연 속으로 들어간 기분이다. 잠시 후 고기가 구워지는 소리, 사람들의 기분 좋은 말소리, 뿌연 연기를 빨아들이는 환기통

소리가 리드미컬하게 들린다. 오픈암스의 따듯한 마음도 가을밤 단풍나무잎처럼 붉게 수놓고 있다.

시간이 필요한 그에게 존중과 지지로 사랑을 보내 주는 사람. 나 또한 당신에게 그런 사람이길….

콤콤오락실

오락실이다! 이름은 콤콤오락실! 해방촌 신흥시장을 둘러보다 만났다. 두꺼운 플라스틱 커튼으로 입구가 가려져 있다. 웬지 그 커튼을 젖히면 80년대로 빨려 들어갈 것 같은 비주얼이다. 영화 〈트론Tron〉이 연상되었다.

정덕이는 떡볶이를 좋아했다. 학교가 끝나면 참새 방앗간처럼 학교 앞 떡볶이집으로 향했다. 나는 돈이 없어서 떡볶이값을 늘 정덕이가 내었던 것 같다. 떡볶이는 지금과 달리 심플했다. 길쭉한 분필 크기의 떡에 빨간 소스가 다다. 떡 하나에 10원. 아주머니는 100원어치를 주문하면 떡 10개에 서비스로 2개를 더 얹어 주시곤 했다. 12개의 떡이 빨간 옷을 입고 나란히 연초록 플라스틱 접시 위에 일렬로 진열되었다. 간결하지만 어린 우리에게는 충분히 푸짐했다. 나는 떡을 특별히 좋아하지 않아서, 작은 포크로 한두 개 집어 먹곤 했다. 그러면서 그 매운 떡볶이가 그렇게 맛있냐며 정덕이에게 매번 묻곤 했었다.

떡볶이집 맞은편에는 과자와 학교 준비물을 파는 구멍가게가 있었다. 그곳에서 나는 어쩌다 돈이 생기면 달콤한 불량식품을 사 먹기도 했다. 어느 날 정덕이가 내 손을 가게 안 구석으로 이끌었다. 커튼이 쳐져 있는 은밀한 장소였다. 어린이가 절대로 가서는 안 되는 무서운 곳 같았다. 그래도 나는 늘 용감한 정덕이를 믿고 따랐다. 정덕이랑은 뭘 해도 좋았다. 얼마나 많이 왔을까. 너무도 익숙한 듯, 먼저 들어가더니 나에게도 오라고 손짓한다. 조심스레 따라 들어가니 오락기계가 있는 게 아닌가. 어른들이 그렇게 하지 말라는 오락게임. 정덕이는 익숙한 듯 기계 앞에 앉고는 동전을 넣고 게임을 할 준비를 한다. 나보고는 옆에 앉아 잘 보란다. 너구리 게임이다. 너구리가 사다리를 타고 오르락내리락하며 과일을 먹으면 점수가 올라간다. 맛있게 먹어야 할 과일이 한두 개가 아니다. 바나나, 딸기, 앵두, 수박, 복숭아. 옥수수와 당근도 있다. 방해하는 괴물도 피해야 한다. 끊어져 있는 다리를 깡충깡충 건너고 사다리 위로 아래로 내려오는 순발력도 필요하다. 옆에서 구경만 하는데도 손에 땀을 쥐게 하는 긴장감이 넘쳤다. 정덕이 아니 너구리가 과일을 먹으면 띠리릭!하고 점수가 올라가는 소리가 났다. 나는 너무 신나서 물개박수를 치며 좋아했다.

"정덕아! 너 너무 잘한다! 정덕이 파이팅!"

게임을 잘하는 정덕이가 어쩌면 그리 멋있고 자랑스러웠는지! 띠리릭! 하는 기계음과 특유의 배경음악이 아직도 기억난다. 콤콤오락실에서 정덕이와 함께 했던 그때 그 시절로 돌아가는 느낌이었다.

고향에 가면 엄마에게 정덕이네 근황을 묻고 했다. 엄마는 모른다고 한다. 정덕이와는 뭐든 처음으로 한 경험이 많다. 그 집에는 우리 집에는 없는 오골계와 토끼, 탁구장과 테니스 코트가 있었다. 세계문학 전집이 있었다. 우리는 주로 동물을 구경하고 책을 읽고는 했다. 그때 처음으로 제인 에어와 데미안 같은 문학책을 접했는데 당시 나에게는 책이 너구리 게임만큼이나 재미있고 소중한 존재였다. 책 속에는 내가 그동안 접하지 못한 이국적인 풍경이 있었고, 낯설지만 흥미로운 세상이 있었다. 알 수 없는 슬픔과 환희도 있었다. 언젠가는 탐험해 보고 싶은 세상이 있었다.

정덕이는 나에게 편지도 잘 써주었고, 그림도 자주 그려주었다. 초등학교를 마치고 중학교에 들어가며 우리는 다른 반으로 흩어졌다. 각자 새 친구들을 만나며 자연스레 함께하는 시간이 줄더니, 끝내는 소식도 모르는 사이가 되었다. 오랫동안 잊고 살았던 친구 정덕이. 지금은 어디서 어떻게 지내고 있을까? 콤콤오락실에서 나오니 이미 저녁이다. 잠시 후 8시에 AI 온라인 특강이 있다. 늦을세라 집으로 발길을 재촉한다.

영수목욕탕

근처에 "목욕탕"이 있다. 아직 예스러운 이름의 동네 목욕탕이 있는 것이 의외다. 운영이 되긴 하는지, 새벽 산책길에 입구가 열려있는 걸 종종 보았다. 어릴 적 엄마 손을 잡고 처음 쫄래쫄래 목욕탕으로 따라간 날을 기억한다. 그때는 목욕탕이라고 입구에 커다랗게 써 놓은 간판이 유난히 트렌디해 보였고 대단해 보였다. 그도 그럴 것이, 70년대에 시골에는 목욕탕이 많지 않았다. 내 기억이 맞다면 그쯤부터 대중목욕탕 문화가 생겨났다. 목욕탕 안은 그야말로 또 다른 외부 세상이었다. 다른 점이라면 다들 알몸으로 움직인다는 것!

엄마와 함께 목욕탕에 들어섰다. 안내하는 아주머니에게

목욕비를 내자, 엄마 손엔 번호 키가 덜렁 쥐어졌다. 엄마는 익숙한 듯 내 손을 잡고 한쪽으로 성큼 걸어갔다. 개인 사물함이다. 이내 겉옷부터 벗기 시작하더니 순식간에 알몸이 되어버리는 게 아닌가. 한집에 살면서도 못 본 엄마의 나체를 처음 목격하는 순간이었다. 거리낌 없어 보이는 엄마와는 다르게 나는 그 모든 상황이 매우 낯설었다. 우쭐거리는 나에게 엄마는 무심하게 옷을 벗으라는 신호를 보내왔다. 나는 주위를 둘러보며 최대한 몸을 숨기며 옷을 하나씩 벗었다. 얼굴을 들 수 없었다.

주말이었는지 사람들은 왜 그리 많은지. 어떻게 하면 빨리 그곳에서 벗어날까. 부끄러워하는 나와는 달리 사람들의 행동은 너무도 자연스러웠다. 실오라기 하나 걸치지 않은 알몸이 마치 또 다른 옷이라도 되는 듯, 그렇게 감정 따위는 없었다. 로마에 가면 로마법을 따라야 하듯, 목욕탕에서 사람들은 모두 목욕탕 법을 따르고 있었다. 당연히 알몸이어야 하는 곳. 나체로 TV를 봐도 이상하지 않고, 나체로 바나나 우유를 마셔도 맛만 좋은 곳.

욕탕에서 엄마는 나름의 규칙을 따르고 있었다. 먼저 온

몸에 비누칠하고 씻어내고 큰 욕조에 몸을 담갔다. 그곳에는 이미 자리를 선점한 다른 아주머니들이 있었다. 보글보글 뜨거운 물이 올라오는 곳에 사람들이 많은 걸 보니 그곳이 명당 자리인 듯했다. 나도 엄마를 따라 큰 욕조에 발을 담궜다가 소름 끼치게 높은 온도에 악 소리를 지를 뻔하기도 했다. 엄마를 비롯한 아주머니들은 모두 평온한 표정으로 목만 덩그러니 물 밖으로 내놓고 있지 않겠는가. 그 모습은 마치 어떤 의식을 치르는 듯 진지하기까지 했다. 천만년 같은 뜨거움의 시간을 보낸 뒤 나는 바깥 공기를 맡을 자유를 얻었다. 그랬다고 생각했다. 착각이었다. 탕 밖으로 나오자, 이번에는 초록색 오돌토돌한 때수건이 나를 기다리고 있었다. 엄마는 초록색으로 내 피부를 밀어대기 시작했다. 그때 내 몸은 빨래판이 아니었을까. 흐물거리는 빨래판은 엄마의 절도 있는 손놀림에 이리저리 일렁이며 빨갛게 달아올랐다. 나는 제발 엄마가 빨리 빨래를 그만하기를 기도했었다. 급기야 현기증이 날 때 즈음 목욕탕 실내문 밖으로 나올 수 있었다. 널찍한 평상에 드러누워 쉴 수 있었다. 그러나 공기는 후덥지근하고 끈적거렸다. 미지근한 선풍기 바람만이 겨우 내가 의지할 수 있는 존재였다. 목욕탕의 그 후덥지근한 공기를 상상하니 지금도 답답하다. 그러나 그때 초록 수건을 들었던 엄마의 모습은 참 시원시원하고 힘이 넘쳤었는데….

　엄마와의 추억을 잠시 접고 불 밝은 목욕탕 문 앞에 서성
인다. 오래전부터 동네를 지켜온 목욕탕이다. 영수목욕탕은
오늘도 일찍부터 성업 중이다.

유전자 검사

"DNA 검사는 어디에 의뢰하면 좋을까요? 병원에서 하면 비용이 좀 많이 나올 것 같아요."

이태원 고개에 있는 남산공원이다. 한 무리의 여성들이 두런두런 이야기를 나누고 있다. 들리는 소리에 나도 모르게 귀가 쫑긋해진다. 의도치 않게 남의 얘기를 엿듣는 것 같아 조심스럽지만, 대화 내용이 심상치 않다.

'DNA 검사라면…, 유전자 검사인데! 막장 드라마에서나 나오는 단골 소재인데, 무슨 일일까?'

지나치지 못하고, 괜스레 운동이라도 하는 척 제자리걸음을 하고 있다. 다음 이야기가 궁금하다.

"이 아이가 어떤 아이인지 잘 모르겠어요. 유전자 검사를 해보면 알겠죠? 비용이 많이 들까요?"
"네, 아마도요. 병원에서 하면 좀 들긴 하겠죠. 아주 궁금하신가 봐요."
"네, 아이가 시추 같기도 하고, 말티즈 같기도 하고. 시추 치고는 입이 좀 나왔거든요."

'아하! 강아지 이야기였구나! 하하하! 나는 도대체 무슨 상상을 한 걸까?'
그리고 보니 모두 강아지와 함께이다. 시추, 시바, 보더콜리, 푸들이 보인다. 그런데 모두 외모가 특이하다. 시추인 것 같으나 뭔가가 다른 강아지, 보더콜리이나 왠지 아닌 듯한 강아지, 소위 말해 믹스견이 보인다. 어릴 적부터 강아지와 살아서 외형을 보면 안다. 통상적으로 순종이 아니면 믹스견이라고는 하지만 사실 순종견도 인간의 필요로 개량된 종이다. 엄격히 말하면 순종이라 할 수 없다. 그러니 순종이니, 믹스니 하는 것이 의미가 있을까? 유전자 검사를 하고 싶은 견주의 마음은 백배 이해된다. 입양한 강아지에 대한 사랑이겠다.

우리집 강아지는 대부분 믹스견이었다. 네로, 깜둥이, 하양이, 복실이, 해피. 모두 발발이다. 순종견도 있었다. 독일 세퍼드와 비글헤리어라는 프랑스 견종. 이제는 내 기억 저편에 있는 그리운 아이들….

잠시 생각에 빠져있는 순간 애견인들이 대화를 이어갔다.
"아! 그거 유전자 검사 키트를 팔더라고요. 미국 제품을 직구해서 자가 검사하고 샘플을 다시 미국으로 보내면 결과를 알려준다고 해요. 그런데 급하시면 좀 애가 탈 수도 있겠어요. 한 3주는 걸리는 걸로 알고 있어요."

'그래, 어떤 견종인지 정말 궁금하면 DNA 검사를 하고 싶기도 하겠다.' 나는 마치 그들과 함께인 듯 고개를 끄덕이면서도 궁금했다. '무슨 이유일까?'

이태원 일대를 걷다 보면 애견인들을 심심찮게 마주치게 된다. 토요일마다 유기견들에게 새 가족을 찾아주는 행사를 보기도 한다. 행사장에서 마주치는 강아지들의 초롱초롱한

눈빛을 볼 때면 안타까움이 든다. 강아지들은 대체로 믹스견이나 털 색깔이 하얀색이 아닌 검은색이나 회색, 황색의 강아지들이 주를 이룬다. 병이 나서 버려진 강아지들도 많다. 치료비를 감당할 수 없기 때문이란다.

믹스견이라서, 하얀색이 아니라서, 아파서 주인에게 외면당하는 강아지들이 불쌍하다. 어릴 적 시골에서 자란 우리 집 강아지들은 예쁜 옷을 입거나 좋은 음식을 먹지 못했어도, 버림받지는 않았었는데. 발발이여도 사랑스럽기만 했던 강아지들. 나는 그들이 우리집에서 적어도 자유롭게 살다 갔기를 바란다. 가끔 고향집 감나무 밑에서 깊은 잠을 자는 네로를 떠올린다. 우리와 함께 14년을 살았던 까만색 믹스견이다. 유전자 검사를 따로 하지는 않았으나 생김새로는 치와와와 발발이의 조합인 듯했다.

"사지 말고 입양하세요~!" 한 연예인이 한 말이다.
그 말에 동조라도 하듯, 요즘 들어 강아지를 입양하는 사람들이 늘어난다. 더 나은 세상으로 가는 것 같아서 다행이다. 반려견이라는 개념이 없었을 때는 유모차에 탄 강아지를 보고 혀를 차던 사람들이 많았다. 지금은 인식이 많이 바뀌었다. 반려견과 함께하며 감정적인 도움을 받는 이들이 많다. 무한 사랑을 주는 그들에게서 치유를 받고, 외로움을 달래는 사람들이 늘었다. 사랑은 주는 사람이 더 행복하다는 말이 있다. 입양을 하고 사랑을 주는 이들이 더 큰 사랑을 받고 있지는 않을까.

7

희망·성장

멈추지 않는 발걸음이 있는 곳
따듯한 마음들과 함께할 수 있는 곳
두려워도 조금씩 용기를 내볼 수 있는 곳
신념을 갖고 매일을 살아낼 수 있는 곳
태양빛 가득한 희망이 있는 곳
당신이 있는 곳이 그런 곳이길 바랍니다.

멈추지 않는 발걸음이 있는 곳
따듯한 마음들과 함께할 수 있는 곳
두려워도 조금씩 용기를 내볼 수 있는 곳
신념을 갖고 매일을 살아낼 수 있는 곳

용산 발전사

15년여간 용산에서 지내며 이곳의 풍경이 바뀌는 걸 자주 본다. 건물이 있었다가 사라지고, 용도가 바뀌기도 한다. 카페였다가 주차장이 되기도 하고, 갤러리였다 레스토랑이 되기도 한다. 뭐든 빠르게 변하는 서울이라 그렇겠지만 용산은 더더욱 그렇다. 용산에는 외국인들뿐 아니라 외국에서 지내다 한국으로 돌아온 글로벌 한국인들도 많다. 용산에 오래 살았던 친구의 말에 의하면 그들은 꼭 용산에 산다고 한다. 산이 있어 자연을 가까이할 수 있고, 서울의 중심부여서 교통이 발달했기 때문이다. 나의 경우가 그랬고, 친구의 지인도 그랬고, 나의 지인도 그랬다. 외국인들, 다시 돌아온 한국인들 모두 비슷한 감성을 가지고 있다. 이방인. 낯설고, 의도치 않게 낯설어진 문화를 공감하는 이들이다.

처음 삼각지에 자리를 잡았을 때 어떤 분이 '돌아가는 삼각지'에 관한 이야기를 해 주었다. 노래 가사라고 한다. 삼각지에 육교가 있어서 직진을 못 하고 돌아가야 한다는 데에서 유래되었다고 한다. 내가 왔을 때는 이미 육교는 사라지고 없었다. 옛날 노래에는 그때의 감성이 있다. 외국으로 이민간 사람들은 이민한 당시의 감성을 가지고 떠난다. 70년대에 이민을 갔다면 미국에 가든 캐나다에 가든, 그때의 시간을 간직하고 살아간다.

미국에 있는 친구가 한국에서 아트 전시를 한다며 지인을 연결해 주었다. 친구는 못 봐도, 지인을 만나고, 친구의 소식도 듣고, 전시도 보고, 1석 3조였다. 전시장은 남산 밑 필동에 있는 한 갤러리다. 산책 삼아 가는 길이 온통 숲이니 이미 반은 성공이다. 입구에서 지인을 만나 기분 좋게 전시를 둘러보는데 갑자기 슬픔이 올라왔다. 여행 가방을 형상화한 작품이 주물로 작업을 했는지 꽤 단단하고 무거웠다. 한쪽에는 비디오 작업을 한 작품이 돌아갔다. 은은하면서도 구슬프게 들리는 노래에 지금 서울의 이미지가 보였다. 〈콜로라도의 달밤

〉이라는 부모님이 알려 준 70년대 노래라 한다. 작품에는 기억에 대한 그리움, 이방인의 무게가 느껴졌다.

캐나다에서 생활할 때 나는 스스로를 당연히 이방인이라 인정했다. 이방인이니 낯설음은 당연했고, 방황은 없었다. 그러나 다시 한국으로 왔을 때는 달랐다. 나는 다른 옷을 입은 "이방인이 아닌 이방인"이 되어 돌아온 기분이었다. 서울은 낯설었고, 그 낯섦이 이상하게 버거웠다.

용산은 그나마 괜찮았다. 용산에는 남대문과 남산, 전쟁기념관과 이태원, 미군 부대 그리고 이마트가 있었다. 근처 이마트는 내가 있었던 캐나다의 메트로나 프로비고, IGA와 비슷했다. 그곳에서 나는 다시 시작했다. 삼각지에는 나와 같은 사람들이 많았다. 미군 가족들, 개나다인, 프링스인 등. 아파트 근처 마트와 식당, 공원 등에서 만나는 따듯한 이웃이 생기기 시작했다. 이곳에는 골목길이 있고, 옹기종기 집들이 있었다. 새로운 봄, 여름, 가을, 겨울을 맞았다. 계절마다 조금씩 변해가는 골목길이 재미있었다. 어쩌다 걷던 길을 벗어나 처음 가는 길이라도 방향을 알려주는 남산타워가 있었다.

경리단 쪽은 잘 정돈된 느낌이 들고 해방촌 쪽은 조금은 어수선하나 자유로웠다. 고즈넉한 골목에 경비가 있는 곳은 유명 회장님댁이었고, 힙한 거리의 화려한 조명은 요즘 뜨는 가게를 알려주었다. 어디를 가든 고유의 색이 있다. 새로운 장소도 심심치 않게 나타난다. 코너를 돌았더니 갤러리가 있고, 계단을 걸었더니 카페가 있다. 이곳에서의 산책은 미로를 걷는 기분이 든다.

집집마다 색다른 대문 구경을 하기도 하고, 남의 집 화분에 핀 장미꽃도 한참을 감상하곤 한다. 담쟁이가 가득 찬 벽에서 사진도 찍어보고, 담 너머 달이 휘영청 뜨기라도 하면 고요히 달구경을 하기도 한다.

어느 한 길목에 서서는 그 길이 마치 이제 걸어야 할 내 인생의 길처럼 느껴지기도 한다. 이왕이면 좋아하는 풀들이 잘 정리되어 있는 길을 걷고, 이왕이면 담 너머 달이 예뻐 보이는 길을 걷는다. 빨리 걷기도 하고, 천천히 걷기도 한다. 문득 떠오르는 생각을 놓칠세라 미동없이 서서 핸드폰 메모장을 채우기도 한다. 그러다 또 아름다운 꽃을 보면 카메라로 담아보고, 가끔 이어폰으로 로맨틱한 샹송을 듣기도 한다.

어느 밤 한때 내가 지냈던 곳을 지나며 창문 넘어 새어 나오는 노란 조명을 본 적이 있다. 깔깔거리는 웃음소리가 들리기도 하고, 고요한 거실의 불빛이 비칠 때도 있다. 내가 바꿔놓은 커튼이 여전히 드리워져 있을 때, 내가 장식한 조명이 여전히 빛을 내고 있을 때, 지금 그곳의 사람들과 나는 어떤 끈으로 연결되어 있는지 생각하게 된다.

동네 한 바퀴를 돌며, 이곳저곳에 나의 발길과 손길이 닿은 곳은 한 번씩 더 눈길을 주게 된다. 서울에서 동네를 걸을 수 있는 곳. 구석구석 나의 역사가 있는 곳. 낯선 곳이 낯설지 않고, 더 이상 이방인의 가방이 무겁지 않을 때, 과거는 현재에서 빛을 낸다. 삼각지에서 후암동, 경리단, 명동, 해방촌을 거치며 펼쳐진 나의 용산 발전사는 지금도 어디론가 향하고 있다. 삶의 큰 부분을 장식한 이곳에서의 일상이 있었기에, 지금의 내가 있음을 안다. 용산의 발전사는 한때 이방인이었던 나의 발전사이자 이 곳을 스쳐간 모두의 발전사이다.

언젠가는 다시 만날 사람들

만나야 하는 사람은 언젠가 만난다. 좁은 골목인데 마을 버스가 지나가고, 오토바이가 지나가고, 세단이 지나가고… 참 어수선하다. 보광동 골목길. 그 길 중앙에 S의 아이스크림 가게가 있다. 보자마자 뭔가를 내민다.

"아! 살루Salut ! Tu es là ! 어서 와! Tiens ! 여기 이거!"

"어…"

S가 파떼Pâté를 건넸다.

"파떼 좋아해? 여기!"

"어, 그래, 안녕!"

핸드백을 멘 채, 한 손에는 가까스로 파떼를 들고 사람들과 인사를 나누기 시작한다. 파티는 이미 시작되었다. 오늘은 보광동에서 아이스크림 가게를 하는 S의 3주년 기념일이다. 가게 안을 들어서니 한눈에 봐도 낯선 사람들이 많다. '모두 모르는 사람들인가?'하고 생각하는 찰나 어디선가 본 듯한 얼굴이 보인다. 3년은 흘렀을까? 친구와 함께 산행했던 분이다. 'S와 아는 사이인가?' 세상이 정말 좁긴 하다.

"어! 와! 어머나! 혹시 B의 친구 아니세요? 우리 같이 북한산 갔었죠?"
"아! 맞아요. 안녕하세요!"
"네, 너무 반가워요. 이름이 J? 맞죠?"
"네, 맞아요."
"와! 여기서 만나다니요! 뚜 바 비엔Tu vas bien 어떻게 지내셨어요? 여기는 제 친구 E예요."

친구 B는 한국에 있는 프랑스 학교에서 장장 16년을 근무하다 프랑스로 돌아갔다. J는 여전히 한국에 있다. 그런 J가 오늘은 E와 함께이다. E는 한국 생활 1년 차라 한다. 어떻게 파티에 오게 되었는지 물으니 실타래 같은 이야기보따리를 펼친다. 바로 E와 S, S의 어머니에 관해서다.

S의 어머니는 남편과 7년 만에 아들이 정착한 한국을 방문했다. 그리고 그곳에서 40년 만에 본인이 가르친 제자를 만났다. 바로 E이다.

'아니 어떻게 이런 일이?'

나는 마치 소설 속 인물들의 행적을 쫓듯 E에게 질문하기 시작했다.

"그게 무슨 말이에요? S의 어머니를 아세요?"

"네, 제 어릴 적 무용 선생님이세요."

"어머나! 너무 놀랍네요!"

"네, 사실 선생님을 찾기 전에 S를 먼저 찾았죠. S는 어릴 적 제 친구예요."

"어떻게요?"

"우린 같은 동네에 살다 이사하며 소식이 끊어졌어요. 그런데 어느 날 S가 페이스북 페이지에 뜬 거죠. 한국에서 생활하고 있더라고요. 그때 다시 소식이 이어졌죠. 어머니도 잘 지내시는지 물어봤고요."

"그랬군요."

"네, 저는 그냥 그의 한국 생활을 가끔 보고 있었어요. 그런데 어느 날 제가 한국으로 발령이 난 거예요! 그래서 한국으로 오고, 페이스북으로만 대화하던 S를 직접 만나게 됐죠. 그런데 S의 초대로 오늘 파티에 왔는데, 글쎄 S의 어머니, 그러니까 제 무용 선생님이 오신 거죠, 한국에.”

“와! 정말 이런 인연이 있군요!”

“네! 저도 너무 놀라워요! 만날 사람은 정말 어떻게든 만나나 봐요. 인연이라는 게 있나 봐요. 신기하네요, 저도.”

E의 말처럼 정말 놀랍게도 인연이라는 게 있고, 만날 사람은 어떻게든 만나나보다. 한 사람의 발자취를 선으로 긋는다면 어떨까. 태어나서 자라고, 어떤 이와 만나고, 헤어지고, 내가 사는 지역을 넘어, 새로운 세계로 넘어가고…. 선은 끊임없이 이어진다. 끊어진 듯하나 돌아 돌아 다시 이어지는 선처럼 언젠가 만나게 되는 인연. 필연인가 보다.

파리에 도착한 날. 짐을 풀고 리볼리Rivoli 거리를 걸었다. 흐르는 풍경 속에 무언가가 선명히 움직였다. 그다! ‘그럴 리가! 여기서?’ 영화 같은 상황에 눈을 깜빡였다. 그가 맞다. 재빨리 고개를 돌려 최대한 자연스러운 척, 멀리 떨어져 지나간다. 앞사람과 중요한 이야기 중인지 표정이 제법 진지하다. ‘아니, 어떻게 여기서 볼 수 있단 말인가? 숙소에 짐을 푼 지

10분이 채 되지 않았다.' 파리에 사는 건 알지만, 그곳은 아니다. '근처에 볼일이 있었던 걸까?' 8년 만이다. 변한 게 없어 보인다. 예전 그대로다. 힐끗 보고는 재빨리 그 자리를 피했다. 때가 아니다. 아직 소화해야 할 역사가 있다. 시간이 필요한 필연도 있다. 언젠가는 다시 만날 거니까.

중년의 골목길

꼬불꼬불한 골목길을 걷다 자그마한 강아지 집을 발견했다. 빨간 체크무늬 천으로 집 안이 아기자기하게 꾸며져 있는게 동화의 한 장면 같다. 바둑이는 아침부터 마실을 갔는지 보이지 않는다. 바둑이 집을 뒤로하고 길을 걷는데 어느 순간 텅 빈 광장 앞에 섰다. 어느 쪽으로 가야 할지 망설이는데 택시가 도착한다. 한 중년 여인이 커다란 쇼핑백을 들고 내린다. 언뜻 봐도 꽤 부피가 큰 코스트코 백이다. 한 손으로 겨우 문

을 닫고는 이내 걸음을 재촉한다. 가사도우미일까? 이태원에
는 "회장님댁"이 많다. 묵직한 백을 보아하니 아침부터 장을
본 듯했다.

이혼 과정에서 새 삶을 얻었을 때, 나의 소명과 사명에 대
해 진지하게 자문했다. "40대 중반의 여성. 직장 생활을 다
시 할 수 있을까? 현실적으로 쉽지 않다. 무언가를 다시 배워
야 할까? 그것도 잘 모르겠다." 그렇다면 처음부터 다시 생각
해 봐야 할 필요가 있었다. "나는 왜, 무엇을, 어떻게 해야 할
까?" 내 삶의 목적, 내가 이 세상에 온 이유를 질문했다. 중년
과 그 이후의 삶에 대해 준비해야 했다. 요즘은 하루아침에
회사에서 퇴사 통보를 받은 중년의 소식을 심심치 않게 접한
다. 100세 시대에 50년은 지나갔고, 남은 50년은 어떻게 살
아야 할지가 사회적인 이슈이기도 하다. 청년실업 못지않게
중장년의 실업이 문제이다.

후암동 집에 살 때, 한 경비아저씨가 계셨다. 유니폼이 늘
깔끔했고, 인품도 좋고 직업의식도 철저하셨다. 한 번은 아저
씨와 이야기할 기회가 있었는데 은퇴 후 찾은 일이라 했다.
경비일은 특별히 할 일이 없어 괜찮다고 말씀하시는데 표정

이 쓸쓸해 보였다. 나만 그리 느꼈을 수도 있다. 경비가 나쁘거나 하찮은 일은 아니다. 문제는 과연 그가 원하는 일인가 하는 것이다. 어느날 광장에서 본 중년여인도 마찬가지다. 가사도우미를 원해서 하는 사람이 얼마나 될까. 일자리가 한정되어 있다 보니, 생계를 위해 원치 않아도 할 수밖에 없을 수도 있지 않은가. 자본주의 사회에 돈은 필수이니.

나의 소명과 사명에 대해 자문하며 내가 걸어온 길을 돌아보았다. 하고 싶은 일을 하기도 했고, 버거운 일을 참고 해낸 적도 있다. 그 모든 게 나의 경험과 지식으로 남았다. 언어적 자질과 국제적인 경험을 감사히 받아들이게 되었다. 코미디를 비롯한 여러 가지 국제 교류의 일을 사명으로 받아들이게 되었다. 궁극적으로는 나처럼 위기에 빠진 사람들을 돕고 싶었다. 시간이 걸리더라도 조금씩 해나가기로 했다. 이를 가능하게 한 건 나 자신과 신께 한 질문 덕분이었다. 질문을 하면 답을 찾으려 뇌가 움직인다. 만족스러운 답을 찾을 때까지 질문했다. 질문을 하지 않았더라면, 나는 여전히 살던대로 살았을지도 모른다. 나의 롤모델인 '루이스 헤이'는 부드러운 리더십을 보여 주었다. 책 〈시크릿〉은 원하는 꿈을 이룰 수 있다는 확신을 주었다. 한동안은 마음이 벅차고 희망에 넘쳤다. 좌절해 있기보다, 나도 내가 원하는 미래를 얼마든지 만들 수 있다고 생각했다. 그렇다. 생각만 했다. 생각이 행동으로 반영되지 않았다.

꿈을 현실로 만드는 힘은 생각의 힘임에는 틀림없다. 세계적인 영적 지도자 제임스 엘런도 "사람이 달성하는 성공과 달성하지 못하는 실패는 모두가 자신이 생각한 직접적인 결과다."

-책 〈"생각"하는 대로 이루어진다〉- 라며 생각의 중요성을 강조하지 않았는가.

그는 "소원과 기도는 자신의 생각과 행동이 조화될 때 비로소 이루어지고 만족된다."라 말하며 행동의 중요성도 잊지 않는다.

현실을 바로 보는 일은 생각보다 쉽지 않다. 나의 부족함이 드러나기 때문이다. 생각만 한다고 이루어지는 일은 없다. 혹여 그렇다 하더라도, 그건 이전에 어떠한 행동이 선행되었을 것이다. 로또에 당첨되기 위해서는 로또를 사야 한다. 내가 원하는 꿈을 얻을 존재가 되었는지, 계획한 일을 얼마나 실천하는지 스스로를 돌아보게 된다. 삶에서 베어나는 인격을 갖추었는가? 그에 맞는 지식과 경험이 있는가? 사람들과 세상을 대하는 나의 태도는 어떠한가? 주위에 좋은 기운을 주는 사람인가? 인생은 꼬불꼬불한 골목길 같다. 그러나 포기하지 않고 하루, 한걸음 충실히 내디뎌 보자. 그런 '나'이기를 응원한다. 당신을 응원한다.

카사 코로나Casa Corona

애프터 워크After Work 파티가 야외에서 열렸다. 장소는 이태원의 카사 코로나Casa Corona. 코로나19로 인한 방역 지침이 완화되고 처음으로 다시 열리는 오프라인 행사였다. Cefc(Le Cercle des Entrepreneurs Francophones en Corée, 프렌치 비즈니스 커뮤니티)와 유럽 커뮤니티 내의 사람들이 주축이 되어 모였다. 한국에서 일하며 친목을 쌓고, 비즈니스적인 교류와 친분을 기대하는 외국인들의 참석률이 높다. 오랜만에 열린 야외 행사여서인지, 모인 인원이 족히 500명은 넘는다. 파티 문화에 익숙한 외국인들이 모두 이날을 손꼽아 기다렸나 보다.

이들은 각자 분야도 다양하다. IT 계열의 회사를 차린 친구, 엔터테인먼트 회사를 운영하는 친구, 글로벌기업의 한국 지사장으로 근무하는 친구, 정부 관계자로 한국에 파견된 친구, 디지털 노마드의 삶을 살고 있는 친구, 미래의 꿈을 위해 열심히 한국어를 배우는 친구 등 각양각색이다.

저녁 7시경, 4층 바에 도착해보니 이미 사람들이 꽤 많이 모였다. 너도나도 라임 조각으로 장식된 코로나 맥주를 하나씩 들고 있다. 카사 코로나는 실내와 테라스로 구성되어 있다. 날씨가 좋으면 테라스 이용객들이 더 많다. 시야가 탁 트인 야외와 아름다운 석양을 볼 수 있기 때문이다. 테라스는 멕시코 해변을 연상케 하는 볏짚으로 된 파라솔과 안락하게 앉을 수 있는 벙킷으로 장식되어 있다.

이른 시각인데 이미 DJ의 음악에 맞춰 춤추는 이들이 있다. 나도 덩달아 신이 난다. 밖에는 파라솔 아래 두런두런 이야기를 나누는 사람들, 삼삼오오 모여 이야기를 나누는 사람들 등 자유롭고 활기차다. 처음 만난 사이에도 자연스레 이야기가 이어진다.

이 바는 테라스에서 보는 뷰와 석양으로 유명하다. 저녁

해가 뉘엿뉘엿 넘어가며 빌딩 사이로 물이 든 오렌지색 노을이 장관이다. 마지막 빛을 발산하는 태양은 황금빛에서 붉은색, 오렌지색, 갈색으로 변화하며 점점 더 자취를 감춘다. 눈앞에서 건물 사이로 가라앉는 태양을 보고 있노라면 문명과 자연의 경이로운 조화에 그저 감탄할 뿐이다. 석양은 늘 따스한 위로와 그리움으로 다가온다. 어느덧 군중의 재잘거림과 음악 소리가 멀어지더니 누군가가 속삭이는 듯하다.

"과거 따위는 잊어버려. 현재를 살아. 봐! 얼마나 아름다운 세상이니. 지금 너와 마음을 나누고 있는 이 친구들을 봐. 얼마나 열심히 사니? 하루의 끝에서 홀가분해진 그들의 모습이 좋아 보이지 않니?"

그의 말이 맞을지도 모르겠다. 힘들었던 과거에서 벗어나 현재를 충분히 즐겨야 한다. 그러나 정말 그럴까. 가끔은 과거를 기억해도 되지 않을까. 추억을 떠올려도 되지 않을까. 옆에서 무언가에 대해 열심히 토론하는 이들의 소리에도 나는 꺼져가는 태양과 대화 중이다.

'과거에서 벗어나 현재를 살라는 말은 턱없이 일반화된

말이 아닐까.'

　현재를 살면 늘 행복하다는 말이 때로는 와닿지 않을 때가 있다. 한가지 논리를 맹목적으로 믿기보다는 정해진 논리의 틀을 깨는 게 중요하다. 우리는 너무도 많은 틀 속에 살아간다. 이렇게 해야 하고 저렇게 해야 한다고 한다. 이유를 알 수 없으나 그래야 하는 명제 아래 아무런 되새김 없이 살아간다. 자유는 인간의 기본적인 욕구이다. 부모님의 말씀을 하늘같이 알아듣고, 선생님의 말씀을 법처럼 따르던 어린 시절은 지났다. 성인이 되었고, 자유의지가 있는데 우리는 왜 자유롭지 못할까. 사회의 틀에 갇히고, 자기 생각의 틀에 갇혀 살고 있는지 점검해 봐야겠다.

　과거를 잊든, 현재를 즐기든 중요한 건, 멀리 한국까지 온 이들은 자기 세상의 틀을 깨려는 사람들이다. 용기를 내어 새로운 시도를 하고 도전하는 사람들이다. 꼭 멀리까지 갈 필요는 없다. 책 쓰기, 운동하기, 영어 배우기 등 도전하고 한계를 깨고, 성장하는 사람들이 많다. 삼삼오오 모여 이야기를 나누고 하루의 무게를 내려놓은 친구들이 즐거워 보인다. 저물어가는 태양빛에 반사된 얼굴이 황금빛으로 빛난다. 모두 각자

의 도전을 즐기는 모습이다. 황금빛 열기로 꽉 찬 테라스가
오늘따라 도전의 열정으로 뜨겁다. 마지막까지 최고로 빛나
는 정열적인 태양 같다.

하나로 가는 길

한동안 숲으로 들어가지 못했다. 무기력함은 삶의 리듬을 무너뜨렸다. 맹인이 된 듯 지척에 있는 산이 보이지 않았고, 직립생활을 한지도 오래다. 한번 떨어진 에너지는 쉬이 올라오지 않았다. 누워서 천장만 보는 날이 많아졌다. 삶의 무게가 온몸을 짓누르고 있었다.

정신을 가다듬고, 한번은 일어나자 했다. 다리 하나를 침대 밖으로 밀어내고, 몇십 분 뒤 다른 쪽은 두 손으로 움켜쥐어 들었다. 드디어 양쪽 다리가 침대 밖으로 덜렁인지 수십 분, 허리가 아파 일어났다. 두 발이 바닥에 닿자 이제 걸음을 뗄 수 있었다.

걸을 수 있었으나 숲으로 들어가는 건 애당초 포기했다. 그저 소월길을 조금이라도 걸어보기로 했다. 비탈진 길을 오르는데 그동안 못 보던 가게가 생겼다. 청미래덩굴이라 쓰여 있다. 안을 보니 하와이에서 들렀던 에덴의 정원처럼 식물과 이끼가 가득하다. 벽도 천장도 온통 초록이다. 문을 열고 들어갔다. 숨을 쉬자 산소 입자가 내 세포 하나하나에 가득 채워지는 느낌이다. 투명하고 시원하다. 24시간 무인 식물 가게이다. 그때부터 남산은 잠시 미뤄두고 소월길을 걷고 이곳에서 산소를 마셨다. 몸은 회복되고 있었다.

하루는 식물 가게에서 긴 호스가 길게 밖으로 뻗어 나왔다. 대대적으로 물청소를 하나보다. 무인가게 주인이란다. 생각보다 어려 보이는 청년이다. 이태원에서는 청년 사업가들을 종종 만난다. 나도 꽃을 배웠고, 식물을 좋아하니 초면에 물었다.

"혹시, 이곳 사장님이신가요?"

"아, 네! 안녕하세요."

젊은 청년은 말끔한 얼굴에 순한 표정을 지녔다.

"지나가다 가끔 들러요. 너무 멋진 공간이에요."

"네, 감사합니다. 요즘 많이 덥죠? 지나가시다 들러서 좀 쉬었다 가세요. 자주 그러셔도 됩니다.”

“감사합니다. 가게는 잘 되나요? 무인 식물 가게라니, 아주 신선한 발상이에요.”

“네, 잘하고 있어요. 재미있습니다.”

“식물 관련 일은 언제부터 하셨어요?” 대화를 이어가다 보니 젊은 사장님의 성향과 꿈, 끈기를 느끼게 되었다. 그는 그런 식물 가게를 몇 년 전부터 운영했고, 이번 가게를 오픈하는 과정이 쉽지 않았다 한다.

“모든 게 쉬운 건 없는 것 같아요. 그래도 재미있으니 좋습니다. 아! 지금 들고 계시는 식물은 그렇게 작게 보여도 난의 한 종류에요.”

쉽지 않아도 재미있다며 식물을 진심으로 사랑하는 듯, 청년 주인의 목소리가 밝아진다. 들뜬 어조로 작고 큰 화분에서 지라고 있는 식물을 하나하나 짚어가며 친질하게 이런저런 설명을 해준다. 그 표정이 어찌나 생기 넘치고 따듯한지. 상하이에 있을 때, 꽃을 가르쳐준, 선생님이 떠올랐다. 흙을 만지는 손과 표정이 이 청년 사장님과 닮았다. 선생님은 꽃을 좋아하지만, 그 무엇보다 흙을 만질 때 너무 행복하단다. 부드러운 흙에서 나는 지구 본래의 향이 좋단다. 그때만 해도 나는 지저분한 흙이 뭐가 좋다는 건지 의아했다. 손톱

밑이 까매지고 손이 거칠어지는 데 좋을 리가 없었다. 농부로 사셨던 아버지와 엄마의 고단한 삶을 기억하기 때문이기도 했다.

이태원에서는 〈이태원클라쓰〉의 주인공들을 자주 본다. 도전하는 젊은 청년들이다. 모두 꿈이 있고, 쉽지 않으나 원하는 일을 한다. 얼마 전에 발견한 프렌치 레스토랑 청년 사장님, 햄버거집 청년들, 식물 가게 젊은 사장님 등.

농부의 가정에서 사는 건 낭만적이지 않았다. 열심히 논을 가꾸고 밭을 메어도, 천둥, 번개가 치고 장마지고, 이상기온이 발생하면 어쩔 수 없이 손해를 봐야 한다. 의지로 할 수 있는 건 한계가 있었다. 대자연의 예측하기 힘든 기분은 아버지의 능력 밖이었다. 흙과 함께하는 삶으로는 예쁘고 멋진 옷을 입기가 쉽지 않았다. 그런 직업을 둘째 아들인 아버지는 택했다. 아내인 엄마도 남편을 따라 덩달아 농부가 된 삶은 녹록지 않았다. 수입보다 지출이 많은 가정에서 자식 다섯을 키우기란 여간 힘든 일이 아녔을 테니까. 하루가 멀다 하고 집에서는 큰 소리가 났다. 일곱 식구의 생활비와 자식들의 학비를 충당하기가 힘들었을 것이다. 농부의 집에서 살아서 힘들고 불편했던 기억으로 가득하다. 부모님이 흙을 가까이한 탓이라 생각했다.

어떤 분께 이런 부모님 이야기를 하니 1초 만에 대답한다.

"부모님은 정말 축복받은 일을 하셨네요. 자연과 함께하는 일이라니 얼마나 멋진가요."

'그런 건가?' 그의 말을 들으니 그럴 수도 있다는 생각이 든다. 돌아가신 아버지의 삶이 달리 보이기 시작했다. 원치 않는 삶을 살아서 불행했을 것이라 생각했는데, 아버지는 어쩌면 흙냄새를 좋아하지 않았을까. 몸은 고단하였으나 변화무쌍한 자연을, 하루가 다르게 무럭무럭 자라는 벼와 채소와 과일을 사랑하지 않았을까.

청미래덩굴의 청년 사장님 말처럼 쉬운 일은 없다. 그러나 오늘 내가 기쁘게 할 수 있는 일이 있다면 그것으로도 충분하지 않을까. 그동안 무기력했던 이유가 원하는 방향으로 삶이 흐르기 때문일지도 모른다. 벅찬 현실과 씨름하려니 나는 말도 안 되게 쇠약해졌다. 내려놓고 받아들이는 마음이 부족했던 걸까. 나를 기쁘게 하는 일을 찾지 않고 다른 곳을 보고 있었다. 청년 사장님의 이야기를 듣자 하니, 하와이에서

갔던 하나로 가는 길Road to Hana이 또 생각났다. 하나로 가는
길은 하나One!뿐이다. 굽이굽이진 그 길을 충실히 따라야 도
착할 수 있다. 길에는 검은 해변이 있고, 울창한 숲이 있고, 파
도 센 바다가 있고, 시원한 폭포수가 있고, 동화 같은 에덴의
정원이 있다. 이 구불구불한 길을 지나면 하나마을이다.

　　하나 마을에 오신 걸 환영합니다! Welcome to Hana! 하
나! 그렇게 기대했던 목적지에 드디어 도착했다. 그러나 마을
입구부터 뭔가 심상치 않다. 마을을 알리는 간판이 참 심플
하다고 느꼈다. 간판은 그럴 수 있다. 마을에 들어서자 호텔
과 박물관이 보인다. 주차를 하고 마을 이곳저곳을 둘러보아
도 상업적인 거리는 없다. 간단한 식당 겸 카페. 럭셔리 호텔
그리고 하나 마을의 역사와 문화를 알리는 박물관만이 덩그
러니 있다. 오래 차를 탄 탓에 몸이 지쳐 있었다. 그러나 왠지
모르게 행복하다. 피곤한 몸을 이끌고 초록 잔디와 하늘이
크게 보이는 호텔 테라스에 자리를 잡았다. 오렌지색 당근주
스를 한 모금 크게 빨아들였다. 달콤하고 신선한 당근 향이
온몸에 퍼진다. 알았다!

　‘내가 이곳에 온 건 하나 마을을 방문하기 위해서가 아니
었구나! 이곳까지 오기 위해 거쳐야 했던 수많은 장소들. 아

름답고 가슴 뛰던 그곳 하나하나를 보기 위함이었구나!'

　우리의 인생에도 하나로 가는 길처럼 거쳐야 할 길이 있다. 충실히 걸어간 기록이 있다. 마법처럼 보이는 성공도 매일 만진 흙으로 이루어졌다. 이태원 청년 사업가들에게서 삶의 희망과 순수한 성장의 욕구를 배운다. 목적지에 도착하니 길에서 만났던 눈부신 명소들이 그제야 더 잘 보인다. 우리의 삶과 너무도 닮아 있었다. 구불구불하고, 낮기도 높기도 하고, 울창하기도 웅장하기도 했던. 하나로 가는 길, Road to Hana는 그 길이 가장 아름다웠다.

해방촌 오거리

"길을 잃었어요! 반얀트리로 가려면 어느 방향으로 가야 하죠?"

해방촌 오거리를 건너는 데 작은 차 한 대가 오거리 중앙에 덩그러니 서 있다. 차는 언뜻 보아도 사람들로 꽉 차 있다. 길을 잃었어도 모두 봄날에 소풍 가는 듯 표정이 환하다. 문득 영화 〈고 트라비 고Go Trabi Go〉의 자그마한 하늘색 트라반트가 떠올랐다. 차 지붕 가득 짐을 싣고 나폴리로 가는 주인공들이 생각났다. 그들도 길을 잃고 헤맸지만, 표정만은 밝았었는데.

나는 주위를 둘러보았다. 지원군을 찾기 위해서다. 보통

이면 차와 사람들로 복잡한 곳이 오늘따라 조용하다. 근처에 있는 몇몇 사람들은 되려 구원의 눈빛으로 나를 쳐다본다.

나는 길치이다. 한 곳을 수십 번 갔어도 그곳이 설령 내 눈앞에 보여도 다른 곳으로 안내할 수 있는 타고난 능력의 소유자다. 정확히 반대 방향을 가르쳐 줄 때가 한두 번이 아니다. 캐나다에서였다. 눈이 펑펑 내리는 겨울날 무릎까지 쌓인 눈 위를 걷던 분에게 가르쳐줬다. 정반대 방향을…. 햇볕이 쨍쨍 목덜미를 따갑게 내리쬐는 여름날 가르쳐줬다. 또 정반대 방향을…. 길을 잘못 알려준 사실을 잠시 후에 깨닫자마자 돌아서서 뛰었다. 그들은 이미 어디론가 사라지고 없었다. 몇 번의 경험으로 나는 다짐했다. 앞으로 길을 물어보면 절대로 알려주지 않기로…. 더 이상 나의 직감을 믿지 않기로….

행인이 자주 나에게 길을 물어보는 이유가 궁금했는데, 한번은 어떤 분이 말했다.
"아이고, 처자는 어쩜 그리 착하게 생겼어? 길 잘 가르쳐주게 생겨서 물어봤어. 고마워."
'아, 하하' 감사한 말씀이긴 한데 내 등에는 식은땀이 흘렀

다. '또 길을 잘 못 알려준 건 아닐까.'

동서남북 방향이 명확한데 왜 그런지 모르겠다. 우주의 섭리와 반대로 살아가는 것 같은 나 같은 사람은 뇌에 어쩌면 문제가 있는지도 모른다. 해마에서 장소세포, 격자 세포가 효율적으로 작동하지 않을 가능성이 크다는 말도 들은 것 같다. 이해가 잘되지 않지만, 나의 특기는 직관적으로 정확히 길의 반대 방향으로 가는 건 확실하다.

반얀트리로 가는 길을 물어보는 사람들과 주위 사람들에 쌓여 잠시 고민했다.
'길을 알려주면 안 돼. 그러지 마!'
의식적인 고민과 달리 역시 나의 무의식이 직관적으로 먼저 말을 해버렸다.
"반얀트리요? 음…, 위로 올라가셔서 오른쪽으로 가셔야 할 것 같은데요."
대답하고는 '아…, 왜 또 그랬을까?' 내가 가르쳐 준 방향이 맞는지 생각했다. 나는 분명 "가셔야 합니다!가 아닌 것 같은데요!"라고 했다. 그러나 말거나, 그들은 내 대답이 정답인 양 큰소리로 '감사합니다!'를 외치고 연기처럼 사라졌다.

아무도 아무 말을 하지 않아서 순식간에 또 이런 일이 생겼다. 한참 뒤, 내가 가르쳐 준 방향이 맞았음을 알고 나도 몰래 안도의 숨을 쉬었다.

갈 곳이 있는 삶은 신나고 설렌다. 그러다 길을 잃을 때가 있다. 반얀트리로 가는 그들도, 영화 속 주인공들도, 중간에 길을 잃어도 어찌어찌하여 목적지에 도착한다. 우리의 인생과 닮았다. 해방촌 오거리에는 다섯 갈래의 길이 있다. 어디로 갈지는 각자의 몫이다. 오래전 파리에서였다. 노트르담 성당 앞에 제로포인트 표시가 된 곳에 섰다. 사방으로 뻗어있는 방향 표시에 알 수 없는 막막함과 함께 설렘이 느껴졌다. 인생의 길은 선택하는 방향에 따라 달라진다. 나 또한 인생의 제로포인트에서 출발해 어디론가를 향해 가다 지금 이 자리에 이렇게 섰다.

해방촌 오거리를 지날 때마다 부러 가운데 동그라미 지점에 잠시 머물다 가곤 한다. 사방, 아니 오방으로 지나는 차들 사이에 우뚝 서서 내가 갈 곳을 생각한다. 지금 있는 자리가 제로라면 다시 시작할 수 있다. 선택하는 방향에 대한 결과는 도착지에서 알 수 있지 않을까. 그러나 나는 이미 안다. 인생에서 좋고 나쁜 선택은 없다는 것을. 모두가 정답이라는 것을. 어떠한 상황에서도 나의 선택은 옳았고, 최선이었음을. 길 위에서 만나는 수많은 경험이 나를 최상의 목적지로 이끌고 있었음을. 선택의 두려움에 압도되지 않도록, 내가 진정 원하는 현실을 향해 방향을 튼다. 언제나 그래왔고 또 그럴 것이다. 지금, 해방촌 오거리에서 소월길 방향으로 걷는 중이다.

8
나다운 삶

"내가 살아가는 끝없는 삶의 가운데에서
모든 것은 완벽하고, 온전하며, 완전하다.
나의 독특한 창의력은 나를 감싸고 흘러서
내가 원하는 대로 표출된다.
항상 나의 도움을 구하는 사람이 있다.
나를 필요로 하는 곳이 많아서
나는 항상 내가 원하는 대로 선택할 수 있다."
-〈치유〉, 루이즈 L. 헤이-

어느 날, 제 안이 시꺼멓게 변해있을 때
악마를 보았습니다. 제가 악마 같았습니다.

사람들과 다른 생각을 하고
다른 감정을 느끼는 내가
비정상이고, 인정머리 없다 느껴졌습니다.

그래서 부처님께, 하느님께 물었습니다.
그랬더니 웃습니다.
말도 안 되는 소리!라며.
저는 악마가 될 수 없다고 합니다.
악마는 스스로 악마라 하지 않는다며.

그때 처음으로 저를 탐구했습니다.

그럼 나는 어떤 존재고, 어떻게 살아야 할까를요.

고민하고 질문하고 찾았습니다.

그리고 이제 알았습니다.

나는 여러 모습이고, 모든 모습임을요.

주변인 만두피

주인공으로 살면 좋은지, 주변인으로 살면 좋은지에 대해 이야기한 적이 있다. 사람이니 누구나 주인공으로 살아가고 싶지 않겠냐며 입을 모았는데, 그 '주인공'이란 어떤 존재일지 하는 생각이 들었다.

나는 잘 정리된 깔끔한 대형마트도 좋지만, 전통시장도 좋아한다. 전통시장에는 상인들의 오래된 삶의 노하우와 철학, 정이 있다. 조금은 투박하게 진열된 형형색색의 채소와 과일을 구경하는 것도 기분 좋은 일이다. 유행이 지났으나 예스러운 옷과 물품들도 재미를 더한다. 가끔 근처 후암시장이나 남대문 시장을 들르는 이유다.

남대문 시장에는 없는 게 없을 정도로 다양한 물건이 있다. 최고의 전통시장답게 언제 가도 수많은 방문객으로 활기가 넘친다. 그중 내가 종종 들르는 만둣집이 있는데 갈 때마다 줄이 길다. 알만한 사람은 다 아는지, 유명인 사진과 방송 3사에 출연한 사진이 붙어있다. 사실 미디어에 나온 집이라고 항상 신뢰하지는 않는다. 여러 번 실망한 경험 때문이다.

나는 만두광이다. 김이 모락모락 올라오는 따끈따끈한 만두는 가장 좋아하는 음식 중 하나다. 포근히 감싼 모양이 좋아서인지, 감춰진 속살에 대한 기대감 때문인지 모르겠다. 그저 모든 종류의 만두를 좋아한다. 심지어 이탈리안 만두 라비올리도 좋아한다. 남대문 시장의 그 집 만두는 뭐가 특별할까 하는 호기심에 만두 한 판을 주문했다. 만두의 주인공은 단연코 만두소다. 김치만두의 매콤한 맛과 사각거리는 김치의 식감, 고기만두의 부드럽고 고소함 등, 속이 맛있고 풍부해야 한다. 차례를 기다리며, 찜통에서 김이 모락모락 나는 만두가 쉴 새 없이 쪄서 나오는 광경을 보았다. 김치만두, 고기만두, 야채만두 등등. 종류는 다양하다. 미각을 자극하는 만두의 맛을 상상하지 않을 수 없다.

내 차례가 되고, 만두 10개를 6천 원어치 샀다. 가격도 저렴했다. 집으로 가져오자마자 맛을 보는데, 어라! 만두가 이상하다. 만두소는 사실 평범했다. 그런데 만두피가 색다르다. 한 번도 맛본 적 없는 만두피의 질감에다 맛도 달랐다. 이 집 만두피는 두텁고 풍신풍신한 빵 같았다. 맛은 달콤한 듯 달콤하지 않은 약간 새콤한 감도 있는 듯, 옛날 엄마가 해주신 술빵과 닮았다. 고기만두와 김치만두 둘 다 그렇다. 만두소는…. 만두소는 기억이 잘 나지 않는다. 그냥 평범했나 보다. 이곳은 만두가 아니라 만두피로 유명해진 집 같았다. 그러니 주변인인 줄 알았던 만두피가 이긴 셈인가?

MBTI 성격에 관심들이 많다. 첫 만남에 MBTI부터 묻는 경우도 많다. 어색한 분위기를 깨기에도 좋고, 단기간에 상대를 알아가기에도 안성맞춤이다. 모로코 식당에서 본 한 무리의 청년들도 그랬다. 서로 자신의 MBTI 이야기를 하느라 시간가는 줄 모르게 몰입되어 있었다. 덩달아 나도 함께 온 친구와 MBTI로 이야기 꽃을 피웠다. 식당은 온통 MBTI 이야기로 꽉 찬 듯했다. 어떤 이가 MBTI 결과 중 사회가 선호하는 결과가 있음을 강조한다. I보다 E가 좋으며, F보다 T가 좋다는 식이다. 다른 말로 대중이 선호하는 주인공 같은 성격이 있다는 말이다.

과연 그럴까. 그들은 알까? MBTI는 변할 수 있다. 내가 그 증인이다. 2019년에는 I, 즉 내향형이었다. 그후로 ENTJ, ENFP를 거쳐 지금은 INTJ다. 어떻게 이럴 수 있을까? 누군가 성격은 변하지 않는다 했는데 말이다. 그렇지 않은가?

내 생각은 좀 다르다. 성격은 얼마든지 변할 수 있다. 생각과 행동이 바뀌면 성격도 바뀐다. 본성은 어떠하냐고 물어본다면, 그것 또한 변할 수 있다 본다.

주인공으로 살아가는 삶이 좋을까 주변인으로 살아가는 삶이 좋을까. 대부분은 주변인보다는 주인공으로 살아가길 원한다. 열심히 자기 계발을 하고, 배우고, 경험을 쌓는 이유도 여기에 있다고 해도 과언이 아니지 않을까. 나도 주변인보다는 주인공이 좋다는 생각이 있었다. 그래서 가능한 한 많이 배우고 경험하길 원했다. 그런데, 생각해보라. 80억 인구 모두가 주인공으로 살아가려 한다면 지구는 어떻게 될까. 매우 비약적인 상상이지만 분쟁이 끊이지 않을지도 모를 일이다. 전쟁은 인간의 이런 욕망 때문이라는 생각에 이르게 된다. 욕망이 지나쳐서 삶을 망친 경우는 한둘이 아니다. 당기다 당기다 더 이상 늘어날 수 없어 끊어지는 고무줄이 되지 않기 위해 어느 시점에서는 내려놓는 용기가 필요하다.

나는 어느 순간부터 삶에서 힘을 빼기 시작했다. 욕심과 조급함으로 나 자신을 망칠 순 없었다. 그동안 수고했다고 나에게 말해주었다. 그랬더니 문득 온몸의 세포가 부드럽고 말랑말랑해지는 느낌이 들었다. 스스로에게 관대해진다는 표현이 이런 느낌인 걸까. 주인공이 아니어도 괜찮았다. 주인공보다 중요한 건 내가 지니고 있는 고유성이었다. 나만의 색을 알고, 마음껏 펼칠 때 인생은 즐겁고 의미 있어진다.

다시 가고 싶은 전통시장을 만들고, 유명 만둣집을 만드는 것도 어느 하나의 주인공 때문이 아니다. 함께하는 주변 요소 하나하나가 모여야 가능하다. 만두피처럼 주변인이 오히려 주목받는 이유는 간과했던 존재에서 드러나는 온전한 가치 때문이지 않을까. 풍신풍신 부드러운 만두피 같은 존재라면 어떨까. 만두소보다 만두피가 오히려 주인공이 될 수 있다. 자신의 고유한 색이 있는 존재, 바로 '나다운' 만두피처럼.

남산의 꿈

남산에 봄이 오면 나도 모르게 몸이 들썩인다. 목련꽃 봉오리가 세상을 향해 빼꼼 고개를 내밀면 남산도 화답하듯 생명이 숨을 트기 시작한다. 꽁꽁 언 땅에 봄기운이 녹아들고, 그 사이로 여리디여린 새싹이 불쑥 자란다. 꽁꽁 언 겨울을 얼마나 견뎠을까. 실처럼 가늘지만 오롯하고 뚝심 있다. 본격적으로 펼쳐질 한 시절을 잘 살아내기 위해 겨우내 움츠렸던 몸을 한껏 펼칠 기세이다. 나도 덩달아 힘이 나고, 행인들의 얼굴에도 밝은 미소가 퍼지는 듯하다.

올봄 남산에는 또 어떤 꽃이 피고, 어떤 나무가 자랄까? 작년에 피었던 노랑 꽃, 분홍 꽃, 하양 꽃을 올해도 볼 수 있을까? 올해는 벚나무가 조금 더 자랐을까? 남산의 봄은 매년 다르다. 반복되는 계절이어도 매해 다른 색의 꽃과 나무가 자란다. 해마다 다른 삶을 만끽하는 우리의 삶과 비슷하다. 마흔이 넘으면 어떻게 살아야 할까에 대한 고민을 하는 이들도 제법 있다. 앞으로 남은 시간을 십 년 단위로 생각하기 시작한다. 연초에 계획한 일은 잘 진행되고 있는지 계절이 바뀔 때마다 조바심이 난다. 왠지 시간에 쫓기며 살아야 할 듯하다.

많은 이들이 나를 찾고, 관계에 초연하고, 나답게 살고 싶은 열망에 인문학 책을 들춘다. 다시 공부를 시작하고, 자기계발 커뮤니티에서 활동하기도 한다. 니체와 쇼펜하우어와 같은 철학자들의 언어에서 답을 찾고자 한다.

〈마흔에 읽는 니체〉에서는 "마음을 다해서 하고 싶은 것을 하라. 누구나 자신의 인생에서 늦은 때란 없다."라 한다. 쇼펜하우어는 "인간의 행복과 불행은 무엇으로 자신의 마음을 가득 채우느냐에 달려있다."는 명언을 남겼다.

몇 년 전 나 또한 "어떻게 살아야 할까?"라는 질문을 했다. 그동안 방치해 두었던 나를 꺼내기 시작했다. 내가 무엇

을 좋아하는지조차 모를 때 노트에 쓰기 시작했다. 잘하는
것, 좋아하는 것, 싫어하는 것 등. 성격과 기질 검사, 타인과
의 관계에서 하는 행동, 스트레스 상황에서의 행동 패턴, 나
면서 가지고 태어난 사주 등으로 나를 알아갔다. MMPI(Min-
nesota Multiphasic Personality Inventory-타고난 기질 검사) Disc(4가지 성격 유형 검
사), 버크만진단(개인과 조직 내 종합 진단), MBTI 성격테스트 등 검
사 종류도 다양했다.

검사 결과의 타당성과 진실성은 솔직히 알 수 없다. 그러
나 검사를 하며, 나 자신에게 깊은 관심을 두게 되었다. 특히,
도널드 클리프턴 심리학 박사가 개발한 인간의 34가지 강점
테스트는 〈강점혁명〉이라는 책 제목처럼 나에게도 혁명적이
었다. 그는 자신의 강점을 알고, 약점 대신 이 강점을 이용해
서 살자고 제안한다. 나에겐 새로운 접근이었고 혁명이었다.

"인생은 기분관리야~!"라며 한 유명인이 말했다. 이 말은
기분 좋아지는 일이 있기를 바라는 수동적인 자세가 아닌,
자신의 기분을 스스로 만들고자 하는 능동적인 태도이다. 약
점 대신 강점을 이용하자는 말과 일맥상통한다. 꿈이 있다면
나를 알고, 그 무엇보다 나의 강점으로 이루어갈 수 있다면

더 수월하지 않을까. 고통에서 벗어나고자 아등바등하는 날보다 기분 좋은 날을 위해 능동적인 의지를 내기를 희망한다. 기분이 다운되어 있을 때 어떻게 하면 웃을 수 있을까를 생각한다. 크게 호흡하고 명상을 하며 평안을 찾고, 슬픈 영화나 음악으로 마음을 달래보기도 한다. 코미디영화를 보거나 밝은 노래를 들으며 기분 전환을 하기도 한다. 웃는 얼굴을 찍어 운영하는 스마일챌린지 온라인 그룹 방에 매일 올려 보기도 한다.

"웃을 일이 있어 웃는 것이 아니라 웃어서 웃을 일이 생긴다"는 말이 있다. 나다운 삶은 내가 선택하는 삶이다. 기분이 나쁜 인생을 살고 싶어 하는 사람은 없다. 생각만 해도 기분이 좋아지는 꿈이 있는가? 그 꿈이 사회의 잣대에서 좋은 꿈이 아닌, 당신이 좋아하는 당신만의 꿈이기를 바란다. 내가 선택하고 내가 이루고 싶은 나의 삶. 내 모습으로 행복해질 수 있는 나다운 꿈을 꾼다.

나는 지금 하고 있는 코미디 국제교류와 책을 쓰고, 그림을 그리는 작가이자 화가의 삶을 좋아한다. 더불어 고종 때 설립된 왕립아시아학회Roya Asiatic Society에서 활동하며, 나의 가장 한국적이자 세계적인 이야기를 세상에 펼칠 꿈이 있고, 실리콘벨리의 스타트업 설립자들과 교류하며 나만의 럭셔리 브랜드 사업을 이룰 꿈을 꾼다. 더 나아가 미래시대를 사는데에 빠질 수 없는 AI인공지능 툴을 사용하며 세계적인 그림동화 작가로의 꿈도 꾼다. 프랑스와 캐나다 등의 사업가 모임에서의 활동, 소셜 플랫폼에서 모임장으로서의 활동 뿐아니라 책쓰기 커뮤니티를 운영하며 나와 함께하는 구성원들의 강점을 찾고, 함께 성장하는 진정성있는 세계적인 커뮤니티도 만드는 꿈을 꿈을 꾸기도 한다. 그 꿈이 무엇이든 남산이 남산으로써 봄을 펼치듯, 나는 나로서 꿈을 펼칠 수 있기를 희망한다. 금빛 개나리꽃이 피기 시작하는 봄이다. 남산의 봄처럼 차례로 펼쳐질 당신의 꿈이 궁금한 계절이다.

이태원 친구들

안녕! 봉주르Bonjours! 알로hallo! 셀람Selam! 하이Hi!

4개월 단기간 지낼 곳을 찾으러 이태원 일대를 검색했다. 크레이그 리스트Craigslist에 올라온 몇 개의 광고를 보고 집을 방문하고 계약했다. 그곳에 J와 S가 있었다. 우리는 서로 다른 배경으로, 서로 다른 곳에서 와서 해방촌에서 만났다.

독일어로, 프랑스어로, 터키어로, 각자 이야기하던 사람들이 영어로 또 가끔은 한국어로 함께 이야기하게 되었다. 각자 매일의 일상을 소화하고 저녁이면 모여 앉아 두런두런 이야기한다. 가끔 혼자만의 귀중한 시간을 갖기도 한다. 나는 최근에 들어간 과학기술 정보통신부의 유관기관인 G 센터에서 기후 기술에 관한 생소한 업무에 관한 이야기를, S는 한국에 관한 석사 논문 준비를 위해 한국인과 했던 인터뷰 이야기를, 그리고 J는…, J는, 글쎄…, 그녀만의 일과에 관해 이야기를 나누었다.

독일에서 온 J는 일을 하지 않았다. 그러나 늘 평온해 보였다. 그래서 물었다.

"J, 너 계획이 뭐야?"

"무슨 계획?"

"네가 말했잖아. 2~3개월 동안 일단 있어 보겠다고. 그 뒤로 무얼 할지 계획이 있어?"

"아니, 난 2개월 뒤의 계획은 절대 세우지 않아. 지금까지의 니의 경험으로 봐선 계획을 세워봤자, 계획대로 된 직이 한 번도 없었거든."

"응, 그래도 미래에 어떤 사람이 되어야겠다. 어떤 일을 했으면 좋겠다 같은 뭔가 생각이 있지 않니?"

"아니 없어, 난 지금은 영양사가 되고 싶으니, 학교로 돌아가 볼 생각이 있어. 거기까지야. 더 이상은 생각하지 않지."

"뭐? 너 불안하지 않니?"

“아니, 난 이제 먼 미래에 대한 불안이 없어. 미리 걱정하는 것도 다 쓸데없는 일이란 걸 알게 됐거든.”

J는 정말이지 평온해 보인다. 모든 걸 통달한 사람 같다. J가 한국에 온 이유는 서울에 있는 어떤 환경단체와의 인연 때문이었다고 했다. 결국 일을 같이하지 않게 되었는데, 그 또한 큰 문제가 되어 보이진 않았다. 그 이유가 어찌 됐든 그녀는 여행이 좋고, 한국이 좋다고 한다. 한국인들만의 따뜻한 정과 문화도 좋아했다.

J는 일과를 매우 알차게 보냈다. 아침 8시경에 일어나서 운동하고, 식사하고, 집을 나가 카페에서 한국어 공부를 하거나 좋아하는 책을 읽었다. 밤에는 집에 와서 저녁을 먹고, 독일의 가족과 통화하고, 영화를 보거나 기타 여가를 즐기는 아주 규칙적인 생활을 했다. 비건Vegan이고 음식도 직접 요리해서 건강하게 먹었다. 그녀는 삶에 대한 두려움이 없는 듯했다. 대단해 보였다.

S도 별반 다를 바 없다. 어쩌면 J보다 더 대단한 사람일지도 모른다고 생각했다. S의 어머니는 어느 날 머리가 너무 아

파 병원에 갔다. 그리고 의사에게서 뇌종양이라는 진단을 받았다. 종양은 여러 개였다. 수술하면 살 확률이 30퍼센트? 수술하지 않으면 살 확률이 또 몇 퍼센트…. 생사의 갈림길에서 어머니는 수술을 포기하고 그냥 그대로 지내신다는 거다. 너무도 놀랍고 안타까워 무슨 말을 어떻게 해야 할지 몰라 말문이 막혔다. 그런데 의외로 딸인 그녀는 아무 일도 아니라는 듯 담담하고 오히려 명랑해 보이기까지 했다. 엄마와 매일 통화할 때도 늘 밝았다. 그녀의 목소리에서 엄마를 잃을 수 있다는 두려움은 없었다. S도 그녀의 어머니도 그저 매일을 살아간다고 한다. 거창한 계획보다 하루, 매 순간을 즐기며 살아가는 게 목표라고 한다.

나는 계획이 있었다. 잠깐 한국에 들어와 숨을 돌리고, 프랑스로 가서 꽃을 배우고 그 후로 무엇을 하고 또 무엇을 하고…. 계획은 실행되지 못한 채 5년이 흘렀다. J와 S는 몇 개월 뒤 한국을 떠났다. 2020년에 느닷없이 닥친 코로나19의 영향도 있었다. 당시 많은 외국인이 한국을 떠났다. 나는 떠나지 않았다.

인생은 계획대로 되지 않았다. 그럼 우리는 불행한 걸까?

꼭 그렇지 않다. J는 그사이 베를린에서 남자 친구를 만났다. 아이가 생겨 몇 개월 전 예쁜 여자아이 출산했다는 소식을 알려왔다. 그녀는 그 언제보다 행복하다고 한다. 학교로 돌아가지도 못했고, 영양사가 되고자 했던 꿈도 잠시 멀어졌지만, 행복하단다. S도 본국으로 돌아간 뒤 고향에서 이스탄불로 갔다. 어느 눈 내리는 날 영상 통화를 하며 그렇게 행복할 수 없다고 한다. 이스탄불에 눈이 오다니 신기하다던 그날 그녀의 미소는 유독 환하고 예뻤다. 결혼하지 않고, 박사 공부를 하기로 했다며, 연구실 책상에 있는 우리 셋이 있는 익숙한 사진을 보여주었다. 계획대로 되지 않아도 각자 행복한 인생을 살고 있는 사람들을 나는 이곳 이태원에서 만났다. 회상하면 흐뭇한 미소가 지어지는 친구들. 모두 각자의 삶을 살고 있었다.

향수

"저는 비눗물을 일부러 다 씻어내지 않고 남겨두곤 했죠. 그러면 하루 종일 비누향이 나서 기분이 좋아지거든요."

예전에 한 유명 디자이너가 한 말이다. 그가 어릴 적엔 향수를 구하기 어려웠다 한다. 피부 트러블이 생겨도 향기 나는 사람으로 살고 싶다고 했다.

지금은 향수도 쉽게 구할 수 있고 향의 종류도 여러 가지다. 어떤 향수를 뿌리느냐에 따라 취향을 직감적으로 알 수 있다. 비누향을 좋아하는 사람, 진한 장미향을 좋아하는 사람, 시원한 숲속향, 사랑스러운 플로럴향, 고혹적인 머스크향 등…. 사람마다 좋아하는 향이 있다. 그리고 그 향은 한 사람을 규정하는 고유한 아이덴터티가 되기도 한다. 어떤 향기를 맡고 특정 인물을 떠올리는 경험을 누구나 한 번쯤은 하니 말이다.

나는 어떤 향을 내는 사람이 되고 싶을까. 해방촌에 프레젠트프로젝트라는 수제 향수 집이 있다. 지날 때마다 아담한 가게에 일렬로 진열된 향수병들이 궁금증을 자아낸다.
'어떤 향기가 날까?'
주인은 거의 대부분의 시간을 커다란 테이블 뒤에서 보낸다. 크기가 가로로 3미터, 세로로 1미터는 되어 보이는 듯하다. 동그란 안경을 쓴 모습이 향수집 사장님이라기보다는 차라리 시계 수리공 같다.

가게에 들어서고 향수 진열대로 향했다. 향수 종류가 어림잡아도 500여 개는 넘어 보인다. 나무 받침대와 잘 정리된 향수병들, 단순한 인테리어가 마치 과학 시간에 본 실험실을 연상케 한다. 향수병에 붙어있는 이름을 읽기 시작한다. 하나씩 뚜껑을 열어 향을 맡아보기도 하고 테스트용 종이에 뿌려보기도 한다. 바쁜 손놀림으로 이 향수, 저 향수를 탐구하기에 여념이 없는 순간 따뜻한 목소리가 들린다.

"이곳에 있는 모든 향을 천천히 모두 다 맡아봐도 됩니다. 걱정하지 마시고 천천히 구경하세요."

다른 손님들을 대하던 주인이 어느덧 옆에서 말을 건다. 무덤덤하게 생긴 외모와는 달리 목소리가 따뜻하다. 향수를 만드는 사람이라 목소리에도 특유의 향기가 있는 듯하다.

이곳 향수의 종류는 족히 1,000개가 있는 듯하다. 병을 하나씩 들고 향을 맡는 순간 모든 시름이 사라지는 듯 평온하고 행복해진다. 무겁고 진한 향도, 가벼운 봄날 같은 상큼하고 가벼운 향도 그 나름대로 좋다.

우리는 모두 좋은 향기를 뿜어내고 싶어 한다. 향을 맡으며 나는 어떤 향기를 내는 사람이 되고 싶은지를 생각하게 된다. 내가 좋아하는 향이 내가 뿜어내는 향기다. 내 생각과 일상이 배어 나오기도 한다. 영화 〈향수〉에서와 같은 향수 제조자와 그로 인해 영화에서와 같은 끔찍한 결말을 맞이하고 싶지는 않지만(내용이 너무 강렬해서 '향수'하면 항상 이 영화 속 장면들이 떠오른다), 고유의 좋은 향기를 뿜는 사람은 언제나 매력적이다. 몸에 뿌리는 향수도 중요하겠지만, 내면에서 뿜어 나오는 향기도 중요하다. 나는 기분과 몸 컨디션에 따라 사용하는 향수가 바뀐다. 향기가 바뀌면 아이덴터티도 바뀐다. 꼭 한 가지 향을 고집하지 않고 상황에 따라 다른 모습을 하기를 좋아한다. 이날은 뮤지컬 〈오페라의 유령〉의 여주인공이 뿌렸을 법한 No.5와 엠버 바닐라향이 끌렸다. 다음엔 상큼한 레몬향이나 진한 머스크향이 될 수 있다. 매번 달라도 괜찮다. 우리의 모습이 사실 그러하니까. 당신은 오늘 어떤 아이덴터티를 뿌리고 싶은가.

불 위를 걷는 경마 선수 J

"양고기 타진 맛이 어때? 아! 그리고 이 친구, 매일 아침 남산타워로 올라간다니까."

친구가 나에게 음식 맛을 물어보더니, 오늘 처음 보는 J를 가리키며 말한다.

해방촌 길, 모로코코 카페이다.

모로코코 카페는 내외부 벽은 톤 다운된 베이비핑크 또는 황토색으로 칠해졌고, 내부는 각 공간이 분리되어 있는데 뚫려있는 문 형태로 연결되어 있다. 문의 윗부분은 둥글게 디자인이 되어있고 바닥에는 베이지색 타일이 깔려있다. 벽에 걸려있는 장식품과 천장에 걸려있는 전등, 의자에 올려진 쿠

션도 현지에서 공수해 온 듯 이국적이다. 카페 이름에서도 힌트를 얻었겠지만, 이곳은 모로코 식당이다. 메뉴는 일반적으로 모로코에 식당에서 찾을 수 있는 고기와 라이스, 쿠스쿠스, 타진, 호머스와 같은 음식들과 와인, 맥주, 소프트 드링크 같은 음료와 모로코 식당에서 빼놓을 수 없는 음료, 바로 민트티가 있다. 나는 양고기를 특히 좋아해서 매번 양고기 쿠스쿠스나 타진을 주문한다. 맛있게 매운 하리사 소스와 달콤한 민트티까지 더하면 금상첨화다.

오늘 친구 둘은 레몬 치킨과 라이스를, 나는 양고기 타진을 선택했다. 호머스 딥과 와인도 함께이다. 점심 식사에 곁들어 마시는 와인은 저녁과는 또 다른 여유가 있다.

"으응, 넘넘 맛있어. 오랜만에 먹으니 더 좋아! 그러나저러나 남산타워까지? 좋지! 운동도 되고. 나도 예전엔 정말 자주 갔어."

친구의 물음에 내가 대답했다.

"근데, 이 친구 말이야, 이 더위에 옷을 네 겹을 입고 가는 거야."

"뭐? 왜? 괜찮아? 이 더위에?"

이제야 처음 본 친구 J가 대화에 끼어든다.
"응, 일부러 그러는 거야. 체중 조절을 해야 하거든."

"왜? 무슨 특별한 이유가 있니?"
작고 왜소해 보이는 그를 보고 내가 물었다.

"응 그렇지, 나는 말을 타거든."
"아하! 승마! 그래, 그럴 수 있겠네. 그런데 꼭 그렇게 해야
하는 거야?"
"아니, 아니, 경마 말이야. 난 경마 선수야."
"아하, 그래 승마선수?! 앗 잠깐 응? 경마? 경마 선수?"
나는 잠시 놀라움에 그를 찬찬히 바라보았디.
지금까지 정말 다양한 일을 하는 사람들을 만나보았다.
예술가, 사업가, 연예인, 공무원 등. 그런데 경마 선수라니.

"그럼, 과천에 있는 거야?"
"아니, 사는 곳은 경리단길이고 과천에는 일하러 가. 경
주는 매주 토요일, 일요일에 있어. 언제 한번 이 친구랑 놀러

와." 옆에 있는 친구를 가리키며 그가 대답한다.

그의 말에 예전에 경마 구경을 한 기억이 떠올랐다. 캐나다와 프랑스에서 두어 번 재미 삼아 갔었다. 관중석에 앉아 마음속으로 내가 선택한 말이 이기기를 바라며 전력 질주를 하는 말과 한 몸이 된 기수를 지켜보는 짜릿함이 있었다. 그러한 바람과 동시에 말에게도 기수에게도 참 힘든 스포츠일 것 같은 생각이 들기도 했다. 기수는 말과 가장 긴밀한 관계를 유지해야 하며, 함께 달리고 또 달리기를 반복해야 한다. 이때 무엇보다도 기수의 체중이 많이 나가면 불리하겠다는 생각이 상식적으로 들기도 한다.

그래서인가 보다. J는 여름에도 옷을 네 겹을 입고 남산을 오르고 내린다고 한다. 체중 조절을 위해서란다. 땀이 비 오듯 난다고 한다. 컨디션을 유지하기 위해 파티나 친구들과의 저녁 모임은 거의 참석하지 못하고 있었다. 이런 이야기를 들으니, 그의 삶이 참 고립되어 보이기도 했다. 타국에서 일에만 집중하는 그가 고독해 보였다. 그러나 기우였다.

그는 일을 사랑했고, 그 무엇보다 가족이 있었다. 사랑하는 아내와 눈에 넣어도 아프지 않을 딸. 사랑하는 가족을 지키기 위한 책임감이 하루하루를 살아가게 하는 힘이자, 버팀목이었다. 그리고 종교의 힘이 있었다.

"나는 어릴 적에는 매우 종교적이었어. 가족의 종교를 이어받아 교리를 신실하게 실천하곤 했어. 그래서 불 위를 걷기도 했지."

J가 뜬금없이 자신의 종교에 관해 이야기한다.

"불 위를 걸어?"

"응, 지금은 하지 않지만, 그렇다고 종교를 버린 건 아니야."

불 위를 걷는 행위는 힌두교 축제 중 남성들이 참가하는 행사라고 한다. 아무리 그래도 불 위를 걷는다니. 화상을 입고 고통스러울 것이 뻔한데 매년 그런 행사에 참여한다는 것이다. 그는 자신만의 신을 위해, 불 위를 걷는 행위까지 거침없이 할 수 있다고 한다.

"나에게는 나만의 신이 있어. 가끔 불안한 순간이 오거나 길을 잃어버린 느낌이 들면 나의 신께 기도하지. 나의 신은

붉은 색을 띤 이분이야. 내 어머니의 신은 이분이고, 아버지
는, 또 내 동생은 이분이지.”

J는 그의 신과 부모님의 신, 그리고 여동생의 신을 각각 보
여주며 말했다. 삶의 방향을 잃을 때 자신을 일으켜 준다는
그들 각자의 신. J에게 신은 종교를 넘어 자신을 지탱해 주는
정신적인 스승이자 뿌리 같아 보인다. 그는 매 순간 신과 함
께 삶을 살아가고 있었다.

그의 이야기에, 나의 신에 대해 생각해 보았다. 우리는 모
두 어떤 형태로든 자기의 신이 있지 않을까. 신은 종교 안에
서도 종교 밖에서도 찾을 수 있다. 특정 종교와 그 종교가 따
르는 신을 옹호하려는 의도가 아니다. 그저 우리의 삶이 버거
울 때, 나를 지켜줄 수 있는 존재가 있다면 든든하지 않을까.
이 넓은 우주에 철저히 혼자이기보다는 상상 속의 누구든 함
께할 존재가 있다면 좋겠다. 방향을 잃었을 때 나를 보듬어주
고 나를 지켜줄 존재. 그런 존재에 대해 생각해 보았다.

우리는 식사를 마치고 달콤한 민트티와 함께 각자의 삶에
대해, 삶을 이끌어가는 신념에 관해 이야기를 이어갔다. 불

위를 걸을 만큼 지키고 싶은 우리의 신념이 민트향과 함께

카페에 맴돈다.

타투

반짝이는 별! 내가 타투를 하면 그런 별 모양을 하지 않을까 상상하곤 했다. 요즘은 타투로 자신을 표현하는 사람들이 많아졌으니 더 이상 조폭 문화의 전유물이 아니다. 2023년의 한 기사에 따르면 한국의 타투 인구가 1,600만 명으로 추산된다고 한다. 우리나라 전체 인구의 1/3에 해당하는 숫자이다. 미용이 목적인 눈썹 문신의 경우도 포함된 것이나 여전히 괄목할 만한 숫자이다. 주변에만 해도 여럿이다. 아는 동생이 타투를 했고, 친구와 선배도 타투를 했다.

이태원에는 타투를 쉽게 할 수 있는 곳이 여러 곳 있다. 타투 서비스를 제공하는 상인도 예술성에 대한 자신감이 대단하다. 색과 모양이 과거에 비해 눈에 띄게 세련되졌다. 친구 S는 다리에 음악 노트를 새겼다. 보통 우리가 알고 있는 콩나물 무늬가 아니라 직접 디자인한 모양이다. 창의력이 뛰어난 그녀답게 산의 능선 같은 모양을 하고 있다. 한 번뿐인 인생 늘 웃고 살고 싶어 즐거운 음악을 자신에게 선물했다 한다. 또 한 친구는 뿔이 달린 사람의 그림자 형상 모양을 새겼다. 자신의 어린 자아를 형상화한 것이다.

"그림이 특이하네요!"

"네, 어릴 적 제 모습을 그린 거예요. 늘 혼자 있었고, 방황했고, 많이 외로웠었거든요. 그때 그 아이를 잊지않고 달래주기 위해 타투로 남겼어요. 그럼, 항상 저와 함께일 거니까요."

그에게는 혼자 있었던 어린 시절의 그 아이가 늘 보듬어야 할 대상인 듯했다. 타투를 보며 자신의 내면 아이를 달랜다고 한다. 모두 각자의 이야기를 담은 타투를 하고 있다.

어떤 이에게 타투는 자기 보호의 방법이기도 하다. 수많은 타투로 온몸을 덮은 사람을 보면 위압감이 들 때가 있다.

하지만 그들과 직접 대화를 해보면 그 누구보다 여린 마음의 소유자임을 알게 된다. 종종 그러한 경우를 봐 왔다. 과거 음악 경영 수업 중 선생님은 KISS(미국 록밴드)의 캐나다 공연을 주관했던 일화를 들려주었다. 밴드 리더인 짐 시몬스는 덩치가 크고, 보기에도 잔뜩 위협적인 분장과 제스처를 취하기로 유명하다. 그런 그가 딸과 통화할 때는 "허니"라 하며, 세상 부드러운 아빠의 목소리를 냈다 한다. 카리스마 있는 리더와 상반되는 모습이다. 물론 록밴드 특유의 분장이기도 하겠으나 강하고 당당하게 보이고 싶은 자기표현의 방식이 반영된 모습이다. 어느 것이 진짜 그일까? 강하고 카리스마 있는 리더의 모습, 세상 부드러운 아빠의 모습? 두 가지 모두 맞다. 스윗한 아빠로서의 그와 강한 카리스마 넘치는 그. 둘 다 그의 모습이다.

나는 별이 좋다. 별은 내게 하나의 세상이다. 내가 만약 타투를 한다면 별을 새기고 싶다. 외국 생활을 오래 하며 정체성이 심하게 흔들렸다. 한국어는 쓸 일이 거의 없었다. 영어와 불어를 사용하고, 외국인들과의 생활이 익숙해지니 사고도 바뀌고 한국 문화를 지녔던 정체성도 사라지는 듯했다. 급기야 나는 누구인가? 하는 의문이 생기기 시작했다. 이도 저도 아닌 중간자, 희미하게 정리되지 않은 '나'라는 인물을 사람들에게 어떻게 설명해야 할지 몰랐다. 그도 그럴 것이, 특히나 언어를 바꿀 때마다 나타나는 다른 목소리와 표정, 감정을 가진 '나'를 어떻게 받아들여야 할지 혼란스러웠다. 한국어를 사용할 때는(모든 경우에서 그렇지는 않지만) 수줍은 편이고, 영어를 사용할 때는 매우 명랑하며, 불어를 사용할 때는 당당하다. 목소리와 톤도 다르다. 언어에 따라 변하는 '나'라는 사람은 세 개의 정체성을 지닌 요상한 인물 같았다. 더 이상의 정체성의 혼란을 바라지 않았다. 상하이에서 중국어를 굳이 배우지 않은 이유일지도 모른다. 한참을 정체성에 대한 고민을 하고 나 자신을 알아가며 나는 그 모든 것, 그리고 각자의 모습이 나라는 걸 후에 인정하게 되었다. 다행이고 큰 깨달음이었다. 그러니 나의 타투에는 별 하나마다 내가 사용하는 언어를 넣은 독특한 모양이 있을 듯 하다.

타투는 더 이상 금기할 문화는 아니나 사회적인 인식이 바뀌기까지는 여전히 시간이 더 필요한 듯 하다. 나 또한 타투를 하고 싶다가도 결국 한 번 더 생각하게 된다. 몸에 새기는 것이고, 지워도 흔적이 조금이라도 남게 되니 신중해진다. 그러나 타투를 새기는 일이 자기표현의 방법임은 틀림없다.

만약 당신이 타투로 자신을 표현하고 싶다면 어떤 모양을
하고 싶은가?

핼러윈

"잊혀진 계절"이라는 올드 가요가 한동안 크게 힛트였던 10월의 마지막 밤. 10월 31일은 서양에서 핼러윈데이로 유명하다. 이날에 사람들은 죽은 자의 영혼이 이승으로 돌아오는 것에 대비해 귀신과 악령으로부터 자신을 보호하기 위해, 불을 밝히고 무서운 분장을 한다. 한국에서도 이날을 기념하고 기억하는 사람들이 많다. 이태원 참사의 여파이기도 하다.

예전에는 핼러윈 철이 되면 늘 몬트리올이 생각났다. 2002년 처음 핼러윈을 경험했다. 여름이 지나고 본격적으로 가을이 된 시점. 시장에는 잘 익은 형형색색의 호박들이 쏟아져 나왔다. 오렌지색, 하얀색, 녹색, 하양과 녹색이 혼합된

점박이 색. 모양도 다양하다. 호리병 모양, 작고 동그란 귀여운 모양, 큰 오렌지색 호박 등등. 모두 다 귀엽고 예쁘다. 그러나 이때쯤이면 사람들이 눈여겨보는 호박이 따로 있다. 바로 잭오랜턴Jack-o-lantern이라는 핼러윈날 장식품을 만들기 위한 동그란 오렌지색 호박이다. 호박의 속을 파고, 초를 놓을 자리가 필요하니 넓이도 높이도 20센티미터 이상은 되어야 한다. 이런 호박이 집 문 앞에 장식되어 있으면, 그 집은 핼러윈날을 기념한다는 뜻이다.

호박 장식뿐만 아니라 집 외부 전체를 핼러윈의 대표색인 검정과 오렌지색으로 장식한 집도 있다. 죽은 영혼들이 되살아난다는 핼러윈날은 해골, 거미줄, 피, 검은색 장식품같이 어둡고 무서운 소품이 있으나 의외로 화려하고 귀여운 색감과 모양의 소품들도 있다. 마치 예술 작품을 보는 것 같은 재미도 있다. 내가 살았던 파브르Fabre 거리에도 그러했는데 누군가가 이 거리에 유명 예술가들이 많이 산다고 귀띔해 주었다. 그래서인지 특별히 눈에 띄는 집이 몇몇 있었다.

영화감독이 산다는 한 집은, 죽은 염소인 듯한 머리를 테라스에 주렁주렁 매달아 놓았다. 지나가는 길에 마주쳤다가 소스라치게 놀라, 순간 뒷걸음을 친 적이 있다. 설마 정말 염소의 머리일까? 하고 다시 조심스레 다가가 보니, 실제 염소 같아 몸서리를 쳤다. 내가 잘못 본 게 아니라면, 파리가 떡하니 진을 치고 있는 게 아닌가. 10개나 되는 염소의 머리가 철고리에 걸려있었다. 영화에서나 볼 법한 장면이다. 털이 깎여 민둥한 머리에서 피가 났다. 끔찍해서 비명을 지르다시피 하며 재빨리 도망치고, 그 후 그 집을 피해 다녔다.

반면 거리 건너 맞은 편에는 온통 오렌지색 집이 있었다. 지붕도, 외벽도. 정원에 있는 나무와 대문까지 오렌지색 조명으로 장식되어 마치 과자의 집 같았다. 간간이 검은색 마녀와 빗자루, 거미와 거미줄, 하얀 플라스틱 해골이 있었다. 이 집은 밤이 되면 노란색, 주황색 조명이 켜져서 주위가 온통 동화 속 세상처럼 변하곤 했다. 주말이면 어린 손자 손녀들이 자주 왔었는데, 그들을 위한 장식이 아니었을까. 할아버지의 사랑이 진하게 느껴진다.

당시 나도 같이 살던 룸메이트들과 집 입구에 호박 장식을 만들어 놓았다. 동네 꼬마들에게 줄 사탕도 준비해 두었다. 보통 이렇게 집이 장식되어 있거나, 잭오랜턴에 불이 켜지면 저녁쯤 꼬마 손님들이 찾아온다. 사탕을 얻기 위해서다. 누가 더 많이 사탕을 얻었는지 서로 내기하는 친구들도 있다. 예상대로 우리 집 초인종이 울렸다. 문을 여니 검은 케이프를 두른 아이들이 서 있었다. 한 아이는 영국 신사가 쓸법한 모자를 썼고 다른 한 아이 얼굴은 온통 하얗고 붉은 핏자국이 입가에 흘렀다. 또 다른 한 아이는 드라큘라의 삐죽삐죽한 이 모양에 날카로운 손톱을 하고 있었다. 각자 좋아하는 캐릭터로 장식하고 고사리 같은 두 손으로 사탕 상자를 소중하게 감싸고 있었다. 귀엽다. 동네 꼬마들인가? 서너 명이 무리 지어 특별한 저녁을 즐기고 있었다. 사실 이 방문의 원래 취지는 집에 있는 죽은 영혼들을 위해 기도해 주고, 그 대가로 사탕을 얻는 것이다. 그러나 글쎄다. 그때 그 아이들이 내가 살던 집의 죽은 영혼들을 위해 기도를 했었는지 기억이 나질 않는다. 나는 처음 경험하는 핼러윈이 그저 신선하고 즐거웠었다.

한국에서의 핼러윈은 특이했다. 아이들의 축제라기보다는 성인인 20대들의 축제라고 하는 것이 더 맞을지도 모른다. 간호사 분장을 한 사람, 피 흘리는 드라큘라 분장을 한 사람 등 캐릭터도 다양하다. 음악에 맞춰 춤을 추는 사람도 있다.

대부분 외국인이나, 한국인으로 보이는 사람들도 있다. 자유
롭게 자신을 표현하는 축제의 날 같은 분위기였다. 한편으로
는 어느 누구의 눈치도 보지 않고 나로서 즐길 수 있는 날 같
기도 했다. 하지만 이제는 핼러윈이 다르게 다가온다. 이태원
참사 후, 이태원에는 핼러윈을 기념하는 축제도 사라지고, 핼
러윈 분장을 하고 이 거리를 배회하는 사람들도 좀처럼 찾기
힘들다. 여전히 그날의 충격이 진행 중인 듯하다.

이태원역 1번 출구에 섰다. 사건이 일어난 구역 주위이다.
25년 전, 내가 처음으로 이태원에 도착한 곳이기도 하다. 이
태원의 랜드마크인 해밀턴 호텔은 여전히 이곳을 지키고 있
다. 3년 전 사건 이후 경기 침체로 문을 닫은 상점들도 많다.
이곳은 여전히 회복 중인가 보다. 이태원이 잊혀진 계절로 지
속되지 않기를, 나만의 색을 표현할 수 있는 공간으로 거듭나
기를….

이태원 노을

405번을 타고 보광동으로 간다. 한 정류장에 내려 조금 올라가면 그림 선생님 댁이다. 작은 마을버스 하나가 겨우 지나갈 길이다. 어느덧 서울에서 가장 높은 듯한 곳에 도달한 듯 더 이상 갈 곳이 없어진다. 산행할 때, 한참을 오르다 어느 순간 평평한 오솔길을 만나는 느낌이다. 지대가 높아서인지 이곳은 불어오는 바람도 시원하다. 일대에는 트렌디한 카페와 젊은 예술가들의 아틀리에, 세월이 느껴지는 슈퍼 등 상권도 제법 형성되어 있었다. 특히 눈에 띄는 것은 길 끝에 터줏대감처럼 자리 잡고 있는 건물이다. 바로 한광교회다. 1957년에 세워져 오랜 역사로 유명하기도 하고, 무엇보다 교회 주차장에서 바라보는 아름다운 경치로 유명한 곳이다.

오늘은 뿌리 깊은 나무와 태양 그리고 그 바람을 오일파스텔로 표현하는 중이다. 주로 유화와 동양화 물감을 사용하나 가끔 아크릴과 오늘처럼 오일파스텔을 사용하기도 한다. 나는 손으로 만들어가는 캔버스 위의 풍경을 좋아한다. 손의 감촉과 색이 캔버스에 펼쳐질 때의 느낌은 마치 천천히 스며드는 노을의 색감과 닮았다.

한국에 돌아와 가장 먼저 한 것이 그림그리기였다. 그저 그림이라도 한번 그려보고 죽자는 생각이었다. 회상하면 참 어처구니없고, 어리석은 생각이지만 그때는 그랬다. 그림그리기는 내가 감히 할 수 없는 영역이었다. 완벽주의 성격 탓에, 수업 전에 이미 머릿속으로 완성한 그림을 가져갔다. 바다에 있는 남녀. 여자는 모래사장에 앉아 바다를 보고 있다. 머리가 길고, 빨간 원피스를 입었다. 남자는 멀리 파도 앞에 서서 먼바다를 바라보고 있다. 파란 하늘, 청록색 바다, 그리고 황금빛 모래… 머릿속 그림을 캔버스에 실현하는 과정은 생각보다 쉬워서 기적 같았다. 부드러운 유화 물감이 묻은 붓이 처음으로 캔버스에 닿는 순간을 잊을 수 없다. 내 안에 단단히 똬리를 트고 있던 알 수 없는 실타래가 스르르 풀어졌다. 답답했던 마음이 일순간 녹아내렸다. 그때부터이다. 그림으로 나를 표현하기 시작한 것이. 나에게 쉼을 주고 치유를 시작한 것이.

가끔 그림을 그리다 말고 선생님과 함께 노을을 볼 때가 있다. 황금빛 태양이 붉은 그림을 그리기 시작할 무렵, 우리는 한광교회 뒤 주차장으로 향한다. 그곳에서 보는 서울은 매번 색다른 경관을 선물한다. 회색 건물이 황금색으로 바뀌더니, 조금 지나면 붉은색으로, 분홍빛으로, 또는 보랏빛으로 변한다. 지척에 있는 듯한 한강도 저 멀리 잠실도 모두 각각의 빛을 반사하고 색 띠를 두른다. 웅장하고 황홀하다.

도시의 저녁은 시골의 그것과는 또 다른 정감이 있다. 삼각지에 위치한 27층 오피스텔에서 지냈을 때다. 양면이 큰 투명한 유리로 된 창을 통해 바라보는 서울은 미래 도시 그 자체였다. 빽빽하게 들어선 건물, 집 안방의 TV 스크린같이 보이던 대형 광고판, 까마득하게 발 아래에 보이는 도로, 장난감 같은 자동차들, 개미처럼 작은 사람들. 27층에서 본 노을과 야경은 화려하고 고요했다. 모두 각자의 삶을 묵묵히 그려내고 있었다. 한광교회에서 보는 세상도 그랬다. 그곳에서만 담을 수 있는 서울의 풍경이 있었다. 멀리 지대가 낮은 곳에서 높은 곳으로 층층이 이어지는 건물들!

황홀한 경치를 바라보며 선생님과 이야기 나누었던 소중한 기억이 남아있는 곳. 쉼이 있었던 소중한 곳이다. 안타깝게도 한남3구역 재개발 지역에 속해 있어 선생님을 포함하여 대부분의 주민이 떠났다. 모든 건물이 철거의 대상이었다. 반면 다행히도 한광교회는 살아남았다. 역사적인 장소로 인정받았다고 한다.

나는 노을을 감상할 때마다 내려놓음에 대해 생각한다. 내려놓음은 사라지는 걸까? 그렇다면 상실과 무엇이 다를까. 내려놓고 비워내야 새로 채워진다 한다. 힘을 빼라 한다. 움켜쥐고 있는 주먹을 펴고 흘려보내라 한다. 2019년 삶을 내려놓고자 했을 때, 사실은 놓고 싶지 않았을지두 모른다. 그렇다. 놓지 못해 극한까지 간 곳이 30층 아파트 발코니였다. 나를 살린 건 내 뒷모습을 보고 있는 강아지와 떠오르는 가족이었다. 내 욕심을 채우기 위해 타인에게 아픔을 줄 자신이 없었다. 발코니에서 내려와 주저앉아 울었다. 엉엉 울었다. 울다 지쳐 쓰러지고, 다시 눈을 떴을 때 나는 뭔지 모르게 내가 달라졌음을 알았다. 새로 태어났음에 감사했다. 세상에 대한 감사의 마음이 화수분처럼 끝이 없었다. 에고가 사라지고 삶이 0에서 다시 시작되는 느낌이 이런 걸까 했다. 감사한 마음과 함께 나를 찾고 싶은 마음이 생겨났다. 진정한 나. 원래의 나. 그런 나가 어떤 나인지는 모르겠으나 그저 다시 찾고 싶었다. 잃어버린 나는 새벽 배송처럼 하루아침에 짠하고 배달되지 않았다. 여러 날, 여러 달, 여러 해를 살아내야 했고, 천 번의 노을을 보아야 했다.

다행인 점이 있었다. 사라지는 노을 안에 태양 빛이 있듯이 잃어버린 나는 내 안 어디엔가 늘 있었다. 다시 당당한 모습을 드러내기 위해 시간이 필요했을 뿐이다. 회복의 시간, 단단함의 시간, 성숙의 시간이. 무언가를 잃어버렸는가? 걱정하지 마라. 잘 들여다보면 애초에 잃어버린 건 없다는 걸 알게 된다. 찾으면 나타난다. 포기하지 않으면 된다. 시간이 필요할 뿐이다. 지금 회상해 보니 나를 놓고 싶었던 그 순간에도 세상은 사랑으로 나를 감싸고 있었다. 가족과 친구와 자연, 세상 만물이 온 힘을 다해 돕고 있었다. 그때 그랬다면 지금, 이 순간도 같다. 그러니 하루하루 매 순간 삶에 감사하며 살아갈 수밖에…. 당당히 턱을 들고 어깨를 펴고 허리를 꼿꼿이 세우고 걷는다. 윈스턴 처칠이 한 말이 있다. *Never*

Never Never Never Give-Up! 뭐든 절대로 포기 말라. 매일 새로운 그림을 그리는 태양을 품은 노을처럼, 세상은 매일 새롭게 하루를 그려내고, 창조한다. 세상 속에 녹아있는 나, 나는 오늘 어떤 노을을 그리고 싶을까.

@NOSTRESSBURGER

"앗! 또 다른 맛집이네!"
2년 전 즈음인가, 처음 오픈했을 때부터 알았다.

나는 잘될법한 카페나 식당을 한눈에 알아보는 능력이 있다고 혼자 자신한다. 테스트를 해보니 맞다. 심플하나 진한 맛이 배어 나온다. 종종 이용하게 될 듯했다. NOSTRESS-BURGER. 노스트라다무스인가? 자세히 보니 노스트레스버거, 그러니까 "노 스트레스 버거", "스트레스 없이 먹는 버거"이다. 1999년에 지구 종말을 예언했던 프랑스인 노스트라다무스 님에 관한 이야기가 아니라는 말씀. 아하하! 정말 착각도 자유다! 가끔 이렇게 어처구니 없는 발상을 하는 나 자신이 재밌기도 하다.

이 집 버거를 정말 스트레스 없이 먹을 수 있을까. 버거는 말 그대로 내 입맛에는 최고였다. 일단 소고기 패티가 잘 익었다. 가장자리는 바삭하고 안은 촉촉하다. 짠맛도 적당하다. 프렌치프라이는 주문하면 바로 튀겨줘서 바삭하고 신선하다.

나는 방문하는 곳의 음식 맛을 평가할 때, 카테고리에 따라 꼭 먹어보는 메뉴가 있다. 예를 들어, 이탈리안 식당에 가면 라자니아를 먹어본다던가, 카페에서는 팡오쇼콜라와 카푸치노 세트 같은 것이다. 라자니아가 내 입맛에 맛있으면(매우 개인적이므로 여기까지) 그곳은 맛집이고, 팡오쇼콜라의 겉이 바삭하고, 다크 초콜릿이 충실히 들어가 있으면 맛집이었다. 맛집을 고르는 나만의 방법이다.

햄버거 맛집을 평가할 때는, 늘 베이컨이 들어간 치즈버거와 프렌치프라이를 주문한다. 치즈버거는 치즈와 고기, 베이컨 그리고 번과의 조화가 중요하다. 이 집은 짠맛, 단맛, 감칠맛의 조화가 좋다. 오리지널 치즈버거 같은 맛인데(진짜 오리지널이 있겠냐마는), 어우러진 맛과 바삭하고 촉촉하고 부드러운 식감도 조화를 이룬다. 햄버거의 경우에는 안의 내용물도 중요하지만, 번이 얼마나 촉촉하고 부드러운지가 매우 중요하다. 함께 먹는 프렌치프라이는 또 어떤가. 어떤 굵기로 어떻게 튀겨졌는지, 찍어 먹는 소스는 어떠한지 같은 거다.

프렌치프라이에 대해 말이 나왔으니, 이야기를 좀 더 하자면, 보통은 케첩을 찍어 먹는다고 생각한다. 그러나 프렌치프라이의 고향인 유럽에서는 먹는 방법이 조금 다르게 마요네즈를 찍어 먹는다. 참 의외라는 생각이 들기도 하겠다. 느끼하겠다는 생각이 들 수도 있다. 장담하건대 아니다. 맛을 보면 안다. 마요네즈의 상큼한 맛 덕분에 오히려 프라이의 튀김 맛이 살아난다고 해야 할까. 식용유, 달걀, 레몬이나 식초, 소금을 넣고 즉석에서 만든 마요네즈라면 더더욱 좋겠다. 조금 색다르게 영국에서는 식초를 뿌려 먹기도 한다. 캐나다에는 프라이에 치즈와 그레이비소스를 뿌려 먹는 푸틴이라는 음식이 있기도 하다.

노스트레스버거집도 이런 글로벌한 니즈를 잘 알고 있는 듯했다. 마요네즈 소스를 부탁했더니 흔쾌히 내어준다. 해방촌 일대에 외국인들이 많이 거주하다 보니 아마도 여러 가지 경우의 수를 잘 아는 듯했다.

맛집이란 결국 음식 본연의 맛을 잘 알고, 또 그 음식의 맛을 어떻게 표현하는가에 대한 해석이 아닐까. 비단 맛집만의 경우는 아니겠다. 어떤 일을 하든, 어떤 관계를 갖든, 어떤 사람으로 살아가든, 본연의 모습, 즉 본질이 제일 중요하다. 다음으로 어떻게 표현하는가도 중요하겠다. 잘 알리지 않으면 알 수 없다. 요즘처럼 정보가 홍수를 넘어 쓰나미인 시대에는 더더욱 그러하다. 단단한 본질과 소통 능력을 갖추기. 매번 사람들이 많이 찾는 곳이나 장사가 잘되는 곳을 발견할 때마다 느끼는 점이다.

이 집은 컨셉이 아메리칸 버거집인 듯, 인테리어도 매우 아메리칸답다. 별 장식 없이 심플하다. 가게 디자인도 색감도 그렇다. 그런 컨셉에 맞춘 듯 버거 가짓수도 심플하게 치즈버거와 프렌치프라이, 치킨 잉과 텐더, 음료 몇 가지기 디다. 주 메뉴인 치즈버거에는 깊은 맛이 있다. 게다가 스트레스 없이 먹을 수 있는 버거라니! 이 집 버거를 먹으면 살찌지 않는다는 이야기일까? 그렇다면 금상첨화일 텐데! 일단 한번 믿어 보고 먹는다…. 맛있다! 스트레스 없이 즐겁게 먹으련다. 제로 칼로리라고 하니!

9
자유·창조

틀린 것이 아니라
다른 것이에요.

하나가 아니라
둘이고, 여럿이에요.

~ 해야 합니다 보다는
~ 해도 됩니다 라고

그래야 합니다 보다는
그럴 수 있죠 라고 말하고
그렇게 타인에게 말하듯
나에게도 말하면 어떨까요.

어른 동화나라
독립서점

독립서점에는 서점 주인의 개성과 정체성이 녹아있다. 서정적인 순수함이 있고, 고요를 깨는 종이의 사각거림이 있다. 무명의 발견이 있으며 느림의 아름다움이 있다. "고요서사", "별책부록", "풀무질", "그래픽", "스토리지 북 앤 필름"등은 이태원에 있는 독립서점이다. 어떤 곳은 고요하고, 어떤 곳은 서정적이고, 또 어떤 곳은 세련됐다. 서점마다 특유의 철학이 있어 같은 책이어도 다른 색을 띠는 마법이 펼쳐진다.

한가지 공통점이 있다면 시간이 멈추는 기분이 든다는 것! 시계추가 거꾸로 돌아가지는 않을까 자문하기도 한다. 독립서점에 들어서면 초등학생부터 사용하던 바른손 팬시 문구점이 떠오른다. 물건 하나하나 찬찬히 구경하며, 나에게 맞는 볼펜과 노트를 찾았을 때의 그 행복감이란! 바른손에는 샤방샤방한 파스텔톤의 노트, 연필, 수첩, 카드가 가득했고, 하나하나 어린 내 감성을 자극하기에 충분했다. 그중 빨간색과 아이보리색의 조합이 어우러졌던 찰리브라운 철제 필통은 내 보물 1호였다.

바른손 팬시와 닮은 독립서점에는 아기자기한 순수함이 있다. 책 제목이나 내용보다 표지디자인과 그림이 눈에 먼저 들어오기도 한다. 규격화되지 않은 다양한 크기와 모양의 책이 많다. 눈에 띄게 세로로 길거나 가로로 길고, 매우 두껍거나 매우 얇기도 하다. 미니사이즈의 책도 있고, 제목과 내용이 특이한 책들도 많다. 이태원을 걷다가 우연히 만나는 이런 책방들은 각각의 개성이 있어, 책방 자체를 구경하는 재미도 있다.

하루는 소나기를 피하러 "스토리지 북 앤 필름"에 들어갔다. 비를 피한 고마움에 책을 살피다 세 권을 골랐다. 모르는 일본 작가가 쓴 그림책, 모르는 52번의 아침을 이야기한 뉴질랜드 자전거 여행가의 책, 또 모르는 22살에 자각몽을 꾸는 작가의 일기장. 이곳 책방지기의 향기가 물씬 나는 책이겠거니. 집에 와 찬찬히 읽어보니 유명 베스트셀러 작가의 글 못지않게 삶의 깊이가 느껴지는 문장들로 가득했다. 우연이 주는 기쁨이다. 시원한 소나기 소리와 함께 들었던 음악도 좋았는데, 아쉽게도 제목은 기억나지 않는다.

"고요서사"는 길고양이를 위해 입구에 작은 집과 밥그릇을 마련해 놓았다. 소설 '휴남동'의 주인공처럼 책방지기의 마음이 보이는 듯하다.

어른 책방 "그래픽"은 건물부터 작품이다. 돌돌 말린 종이를 세워 놓은 모양 같기도 하다. 하얀 건물이 전체적으로 따듯하고 모던한 느낌을 준다. 입구에 있는 구 모양의 돌조각은 동양적인 여백의 미를 자아내 그 자체로 편안하다. 옆으로 난 문을 밀고 들어가면 3층짜리 서점의 내부를 볼 수 있다. 이 서점의 특징은 입장료를 내면 시간의 구애를 받지 않고 보고 싶은 책을 마음껏 볼 수 있다는 점이다. 아트북, 그래픽 디자인 책, 모던한 디자인이 가미된 과학, 의학책 등 쉽게 접하지 못하는 다양한 책이 있다. 특히 헐리우드 만화책이 비치되어 있는 게 특징이다. DC 코믹과 마블 시리즈, 그리고 해리포터 시리즈 등 비주얼이 있는 책들이 많다. 그래서인지 어린 시절 읽었던 백설공주나 잠자는 숲속의 공주와 같은 동화가 떠오르는 곳이기도 하다.

아마도 내가 좋아하는 아이작 아시모프의 〈파운데이션〉도 있지 않았을까. 매우 사실적인 공상과학 소설은 현실 세계 너머의 또 다른 세계에 대한 동경과 가능성, 인간의 끊이지 않는 욕망과 상상력을 배울 수 있는 계기가 되기도 한다. 특히 책에 등장하는 "심리역사학"이라는 가상 학문은 현실에서 새로운 학문으로 등장할 수 있지 않을까?

어릴 적 우리 집엔 책이 없었다. 학습용 그림책만이 몇 권 있었을 뿐, 그게 다였다. 그래서인지 이웃이나 친척 집에 책들로 가득 찬 책장 앞에 나는 나무처럼 고정되었다. 다들 모여 '무궁화 꽃이 피었습니다' 놀이를 할 때, 책장 앞에서 미동도 없이 책을 읽었다. 약속이라도 한 듯 가는 곳마다 모두 디즈니 동화책 전집을 가지고 있지 뭔가! 무채색 희끄무레한 내 세계는 백설 공주와 신데렐라를 만나면 핑크빛이 가득한 폭죽이 팡팡 터지는 세상이 되었다. 빨주노초파남보의 선명한 무지개색이 넘실거리는 꿈같은 세계였다. 책을 넘기면 온 세상에 불이 밝혀지고 천사들이 날아다녔다. 못된 마녀의 마법에 걸려 오랜 시간 잠을 자다가 멋진 왕자님의 입맞춤으로 깨어나 왕자님과 행복하게 사는 꿈을 꾸었다. 나쁜 사람은 끝내 벌을 받고, 착한 주인공은 결국 행복해지고야 마는 디즈니의 세상은 통쾌한 현실 같았다. 여덟 살의 어린 나에게 권선징악의 이치를 알려주는 듯했다. 지금도 그러할까? 그렇게 믿고 싶다. 우리가 사는 세상이 살만한 곳이라면!

명상 이야기

6년째 명상을 실천 중이다. 명상이란 무엇일까? 명상(瞑想)의 사전적 의미는 "눈을 감고 생각한다"이다. 어떤 이는 "명상은 알아차림"이라고 한다. 또 어떤 이는 "호흡을 통해 바라보기"라고도 한다. 나에게 명상은 멈춤으로써 자신에게 집중하고, 일상에서 그리지 못했던 세상을 경험하는 마법의 지팡이다. 호흡하고 바라보는 행위이다.

명상을 어려워하는 이들에게 미리 말하자면 명상의 종류는 여러 가지이고 방법도 다양하다. 그러니 여러 방법을 시도해보고 자신에게 맞는 명상을 하면 된다. 간단히 예를 들자면 명상은 호흡명상, 움직이는 명상, 소리명상, 싱잉볼명상, 걷기명상 등이 있고, 앉거나 서서 또는 누워서, 눈을 감고 또는 눈을 뜬 상태에서도 할 수 있다. 종류와 방법이 천차만별이다. 중요한 건 명상을 통해 내가 얻고자 하는 것이 무엇인가 하는 점이다. 대부분의 사람들은 마음의 평화를 위해, 성공을 위해, 좋은 인사이트를 얻기 위해 등의 이유로 명상을 찾는다. 예를 들어 하고 싶은 일을 하며 성공하기를 바라는 마음이 있다고 해보자. 명상을 통해 어떻게 하고 싶은 일을 찾고, 어떻게 해야 성공을 위한 인사이트를 얻을까?

근처에서 있었던 한 명상 특강에서의 일이다. 강연자는 어떠한 들뜸도, 어떠한 불안도 없는 평온한 표정이었다. 그렇다고 심각하거나 무겁게 가라앉은 모습도 아니다. 에고라는 들뜬 녀석이 잠시라도 자리할 순간이 없어 보이는 매끄러운 얼굴이다. 연하게 지은 미소는 중립적이고 고요하면서 선해 보인다. 순간 '나도 저런 미소를 짓고 싶다'라는 생각이 들기도 했다. 그런 그녀의 미소 때문이었을까. 홀은 고요하고 평안했다.

그녀는 아이를 낳고, 산후 통증과 우울증을 앓던 어느 날 "더 이상 이렇게 살 수 없다!"는 본능으로 포효했다고 한다. 포효는 사자나 호랑이 같은 동물의 외침이다. 감정은 없었다고 한다. 가장 밑바닥에 있던 존재의 아우성이 그녀에게는 생존의 외침이었다.

그녀는 할 수 있는 게 절이라, 절을 하기 시작했다 한다. 백배, 이백배, 삼백배 그리고 어느 날부터 천 배를 했다. 일요일에는 삼천배를 했다. 아픈 무릎과 손목은 절을 하며 오히려 나아졌다. 그녀는 이제 근 삼백여 일간 천배를 하게 되었다. 말로만 듣던 천배, 삼천배를 하는 사람을 지척에서 보니 놀랍기만 했다. 나는 백팔배를 백일 간 한 적이 있다. 가능한 일이었다. 그런데 천배라…. 백팔배를 삼십분 간 할 수 있다고 가정한다면, 천배는 그 열 배의 시간이 드는 것이다. 그러니 다섯 시간 동안 절하는 셈이다.

부드러운 표정으로 특강을 이어간 그녀의 이야기 중 나의 들뜬 마음을 붙잡은 포인트가 몇 가지 있었다. 그중 가장 마음에 와닿는 부분은 '프레임과 밧줄 이야기'였다. 프레임을 벗고 호기심의 밧줄 잡기! 그냥 하기!

'프레임을 벗는다'라는 표현은 한계를 짓지 않고, 자유롭기를 원하는 우리에게 꼭 필요한 전제이다. 이래야 하고 저래야 하고, 특히 나는 이런 사람이고 그래서 그렇게 못하고, 저 사람은 저런 사람이고 저럴 것이고 등등. 자신을 옥죄고 타인을 판단하는 전형적인 프레임에서 벗어나자.

운명을 바꾸려면 장소를 바꾸고, 만나는 사람을 바꾸라는 말이 있다. 나는 여기에 덧붙이고 싶은 요소가 있다. 바로 "언어 바꾸기"이다. "나는 할 수 없다!"라는 말보다 "나는 할 수 있다!"가 좋지 않을까? 혼잣말이든, 타인과의 대화에서든. 당연한 소리 아니냐고? 그렇지 않다. 의외로 많은 사람들이 무의식적으로 하는 말이다. 자신이 사는 세상이 영화 〈트루먼 쇼〉와 같이 프레임 속에 갇혀있다는 인식을 잘하지 못한다. 나 또한 그랬다. "내가 어떻게 하겠어요? 저는 못해요."라는 말을 수시로 했다. 말 습관이 프레임을 만들고, 생각을 규정지었다. 자유로운 삶을 원한다면 "그럴 수 있어, 하면 되지, 한 번 해보자."와 같은 희망적이고 긍정적인 말로 프레임을 벗어 버리면 어떨까.

그녀의 밧줄 이야기로 넘어가 보자.
"존재가 호기심의 밧줄을 던지면 덥석 잡으세요. 그 밧줄을 잡고 가면 좋은 일이 생기고 부와 행복이 따라와요. 그러니 어찌 그 밧줄을 잡지 않겠어요?"

그녀에게는 존재가 건네었던 밧줄이 절이었다고 한다. 백배, 이백배, 삼백배, 천배를 그냥 했다고, 신나서 했다고, 열정을 가지고 했다고 한다.

내가 질문했다.

"밧줄이 하나가 아니라 여러 곳에서 일어나면 어떻게 합니까? 이것도 하고 싶고, 저것도 하고 싶은데 그러면 산만해지지 않을까요? 어떤 밧줄이 진짜인지 알 수 있나요?"

"그럴 경우, 천배를 하세요. 그러면 자연스레 답이 떠오를 거예요."

그녀의 대답이었다. 절하다 보면 결국 아무런 생각이 들지 않는 상태가 온다. 그때 가장 밑바닥에서 슬금슬금 또는 갑자기 어느 순간 존재가 말을 걸어온다고 한다. 몸의 감각이 깨어나고 직관력이 생긴다고 한다. 그때 무의식 속 누군가가 건네는 그 말이 우리가 잡아야 할 부와 행복으로 향하는, 보장된 밧줄이라는 것이다.

그녀의 이야기를 듣자 하니, 결국 어떻게 살아야 할지에 관한 진리는 한 점으로 귀결됨을 알았다. 몰입. 무아지경. 이완. 초집중. 스포츠 선수가 찰나의 순간을 영원처럼 느끼는 것처럼 초집중과 몰입의 상태에서는 육체와 정신이 하나가 된 상태가 아닐까.

좋아하는 것을 찾고, 진심으로 원하는 것을 알기 위해 어떤 몰입을 할 수 있는가? 살면서 몰입의 경험을 한 적이 있었다면 그때의 시간으로 돌아가 보자. 나만이 알고 있는 그 몰입의 상태. 몰입을 통해 이루어냈던 경험이 있다면 다시 할 수 있다. 없다면 지금 시도하면 된다. 내가 사용하는 언어를 바꾸어 프레임에서 벗어나도록 한다. 할 수 있다는 말을 스스로에게 해주기. 두드리면 문은 언젠가는 열린다. 오늘, 지금, 밧줄을 잡고 그냥 하기를 실천한다.

서울역

"나, 힘드니 네가 힘을 줘."

지지와 격려가 필요하다고 했다. 친구에게 나는 늘 이렇게 뻔뻔하다. 친구도 힘들 것인데! 그냥 아무 말 말고 나에게 잘될 거라 얘기해 달라고 떼를 쓴다.

보스와 마지막 미팅을 남겨두고 회전문 밖으로 바닥을 팅기는 빗방울을 유심히 바라보았다. 그해 여름에는 유난히도 비 소식이 많았다. 비는 있는 힘껏 세상을 향해 떨어지고 있었다. 미팅을 취소하고 비가 잦아들기를 기다리기로 했다. 그 사이 밀린 업무를 하고, 식사하니 다음 미팅 시간이 다가왔다. 이번에는 프랑스 대사관으로 향할 차례. 보스는 미팅 후

바로 공항으로 가는 것으로 하고, 짐을 주섬주섬 챙겼다. 슈
트 가방과 작은 캐리어를 챙겨 밖으로 나왔다. 다행히 비가
그쳤다. 혹시 모르니 호텔 컨시어지에서 까만색 장우산을 빌
려 대사관으로 향했다. 하얏트 호텔에서 대사관까지는 택시
로 20분이면 족하다.

오랜만에 방문하는 프랑스 대사관은 좀 바뀐 구석이 있
었다. 몇 년 전 공사 중이었던 대사관 한쪽에는 새로운 시설
물이 세워져 있었다. 신분증을 맡기고, 보안대를 지나 미팅룸
으로 향했다. 문화 담당관과 한국에서의 행사와 교류 활동에
관한 전반적인 이야기를 했다. 당장 어떤 프로젝트를 하지 않
아도 일면식을 터놓으면 도움이 되는 것이 관계이다. 미팅은
잘되었다. 우리는 다음에 또 만나기로 약속하고 헤어졌다. 다
시 보안대를 지나 신분증을 찾아 대사관을 나왔다. 보스는
마지막 인사를 하고 공항으로 떠났다.

모든 만남은 헤어짐을 품고 있다. 어떤 이가 사라졌을 때
비워지는 과정을 경험한다. 함께였을 때 느끼지 못했던 감정
은 사라지고서야 느끼게 되나 보다. 비워지고 사라짐, 그 사
이에는 공간이 생긴다. 비워진 공간 그 텅 빔의 세계를 아무

미련 없이 견디는 사람이 얼마나 있을까. 어디선가 다시 존재할 그와 그들. 양자역학의 이론대로라면 어쩌면 내 눈에서 사라진 그들은 이후 같은 형태로 존재하지 않을 수도 있지 않은가. 내가 알던 그 사람의 모습이 실은 그저 빛으로 존재할 수도 있다.

보스가 떠나니 갑자기 공허해져 부러 버스를 탔다. 마음을 달래기엔 버스가 최고다. 그저 창밖 풍경을 바라보고 싶었다. 열흘간 일 초도 쉬지 않고 뇌를 혹사한 느낌이다. 버스와 함께 도시를 횡단하며, 이곳저곳으로 이동한다. 바람을 가르고, 도시를 흘려보낸다. 사이사이 열리는 버스의 문으로 도시의 삶이 출입한다.

순간, 멀리 떠나고 싶었다. 떠나는 이는 남겨진 자의 마음을 알지 못한다. 설렘이 있기 때문이다. 나는 이날 남겨진 자가 아닌 떠나는 자가 되기로 했다. 빈 눈보다 설렘을 선택했다.

버스를 타고 이태원으로 돌아오는 길에 서울역에서 내렸다. 순간 삶의 방향을 바꾸고 싶을 때가 있다. 정장 바지에 하얀 셔츠, 노트북이 들어있는 가방과 호텔에서 빌린 장우산,

다섯 발가락이 꽁꽁 매여있는 힐을 신은 차림 그대로. 버스에서 내려 또각또각 역사로 향했다.

가슴 안 빈 곳에서 불꽃이 일렁인다. "걱정하지마, 잘 살고 있으니까."라는 누군가의 격려가 필요했다.

역사에서 가장 빨리 탈 수 있는 강릉행 KTX를 타고 고향 집에 도착했다. 오랜만에 언니와 이야기를 나누고, 친구를 만났다. 멀리 있어도 2시간이면 언제든 가족과 친구를 만날 수 있다. 기차가 이때만큼 고마울 수가 없었다. 언제든 떠날 수 있는 자유 티켓이 있는 서울역이 근처라 감사하다.

남산의 요새

그랜드 하얏트 호텔이다. 보스가 떠나고 며칠 만이다. 지내는 곳 근처라 자주 들러 딱히 새로울 것도 없지만 오늘은 왠지 평소와 다르다. 저녁쯤이면 켜져야 할 입구 산책로의 조명과 객실 대부분의 조명이 꺼져있다. 덕분에 거대한 미지의 세상으로 들어가는 기분이랄까. 요새가 따로 없다. 무슨 날인가 하고 회전문을 지나 실내로 들어서는 순간 들리는 음악. Calling You. 영화 〈바그다드 카페〉의 주제곡이다. 오늘 분위기와 딱 맞는 음악이다.

하얏트 호텔 라운지에는 매일 밤 라이브 음악이 퍼진다. 외국인 대여섯 명이 한 조가 되어 악기 연주와 노래를 한다.

얼마간의 라이브 공연을 마치고 잠시 쉬는 타임에는 녹음 음악이 흘러나온다. 그 막간의 시간에 내가 도착한 모양이다. 덕분에 영화 "바그다드 카페"의 장면이 파노라마처럼 펼쳐진다.

영화 속 바그다드 카페는 비현실적인 장소에서 펼쳐지는 비현실적인 이야기 같다. 사막 한가운데 덩그러니 홀로 있는 카페. 영화를 보고 나도 그곳으로 가고 싶었다. 어느 날 한 여인의 등장으로 파리 날리듯 무료했던 모텔과 카페가 활기를 띤다. 급기야 카페에서 매직쇼를 하고, 노래 부르고 춤추는 상황이 펼쳐진다. 어찌나 행복하고 자유로워 보이던지…. 나의 지루한 일상도 그곳에 가면 희망과 설렘으로 충만할 것 같았다. 영화이니 가능한 일이겠으나 현실에서 나는 오랫동안 그곳을 동경했다.

그래서일까. 몇 년 후, 나는 캐나다로 떠났고, 영화 속 장면을 닮은 곳을 방문하기도 했다. 아메리카 대륙은 실로 넓디 넓었다. 한 도시에서 다른 도시로 가려면 승용차로 6~7시간을 달리는 일이 비일비재하다. 그사이 간헐적으로 기름을 넣고 휴식을 취할 수 있는 주유소와 영화에서처럼 모텔과 카페가 외진 곳에 덩그러니 있는 경우가 종종 있다. 그렇게 바그다드 카페는 캐나다의 동부에도, 중부에도 있었다.

　나에게 있어 한국의 바그다드 카페는 하얏트 호텔이다. 이태원 꼭대기에 덩그러니 서서 목을 축이고 갈 나그네를 맞이한다. 사막 대신 남산의 숲으로 둘러싸인 오아시스다. 이곳에 오면 근심 걱정이 사라지는 묘한 매력이 있다. 자연이 가까워서인지, 5성급 호텔 특유의 쾌적함 때문인지 모르겠다. 오늘처럼 잔잔한 음악을 들을 수 있고, 한적한 테라스에서 커피를 마시는 여유가 있어 좋다.

　얼마 전부터 나는 이곳이 조금씩 다르게 느껴졌다. 호텔 로비를 바삐 오가는 사람들 사이에, 나무처럼 우뚝 고정된 내가 보였다. 정지해 있는 나를 제외하고 세상은 빠르게 돌아갔다. 투숙객들은 비즈니스 미팅이 있거나, 국제 세미나가 있거나, 지인을 방문하거나, 그도 아니면 순전히 여행의 목적으로 온 사람들이겠다. 나와는 다르게 모두 매우 분주한 모습이다.

　잠시 후 Calling You가 끝나고 라이브 공연이 다시 시작되었다. 목소리를 잘 가다듬었는지 차분했던 호텔 분위기가 다시 신이 난 듯 살아난다. 분주히 어디론가로 향하는 사람들은 잠시 멈추어 공연을 감상하고는 가던 길을 간다. 그들의 바그다드카페는 어디에 있을까. 어딘가 있을 자유의 공간, 그들에게도 어쩌면 이곳 하얏트 호텔이 그러할 수 있다. 깜깜한 산책로를 지나 요새처럼 덩그러니 서 있는 존재. 그 안에서 펼쳐질지도 모르는 마술쇼가 기다려지는 저녁이다.

인생 네 컷

찰칵, 찰칵, 찰칵, 찰칵! 손은 하트 모양을 하고, 얼굴은 웃음 가득, 윙크를 하거나 깔깔거리며 고개를 이리저리 돌려보기도 한다. 반짝이는 왕관, 꽃잎 모양 장식, 우스꽝스러운 모자에 요정이나 사용할 듯한 마술봉, 커다랗고 우스꽝스러운 선글라스 등등 소품도 가지각색이다. 네 명의 친구들이 주어진 시간 안에 최고로 재밌고, 예쁜 포즈를 취하느라 정신이 없다. 3,2,1, 찰칵! 이태원 중심가에 있는 인생 네 컷에서 사진찍기 놀이 중이다.

깔깔깔깔. 우리는 서로 표정을 보며 웃느라 기계 스크린에 집중하느라 매우 분주하다. "공부를 이렇게 열정적으로 했다면 다 서울대 간다"는 말이 나올 정도이다. 딱딱하고 무표정한 얼굴은 어디 가고 웃음이 떠나질 않는다. 비좁은 부스 안에서 서로 몸을 부비고 밀착되어 끝까지 최선을 다한다. 마지막 컷은 언제나 아쉽다. 다시 사진을 찍어야 할까 하는 유혹도 잠시, 인쇄된 사진을 보고 너나 할 것 없이 웃음이 터진다. "와~! 이 사진 너무 웃긴다~! 정말 잘 찍었다!

"인생 네 컷"은 즉석 사진 부스를 통틀어서 부르는 말이다. 어딜 가든 스타벅스가 있는 것처럼, 어딜 가든 인생 네 컷이 있다. 사실 "인생 네 컷"은 브랜드 이름이다. 포토이즘, 하루필름, 포토그레이, 인생 네 컷 등. 그중 인생 네 컷이 널리 알려져 보통명사처럼 불리는 듯하다. 그런데 어쩌면 이름을 이렇게 잘 지었을까? 네 번의 기회가 있다. 인생 최고의 사진을 위해 최선을 다해야 할 듯하다.

90년대 말에도 스티커 사진은 유행했었다. 외국으로 떠난 뒤 나의 한국에서의 시간은 기억 속에서 멈춰있었나 보다. 돌아오니 그사이 무수한 닭갈비 식당이 사라지고, 건물이 사라지고, 신조어가 생겨났다. 스티커 사진도 없어졌나 싶었는데 하나둘 다시 눈에 띈다.

캐나다나 프랑스에는 사진 부스가 지하철역에 있다. 주로 급할 때 여권 사진이나 증명사진이 필요할 경우 저렴한 가격에 많이들 이용한다. 인생 네 컷처럼 코믹한 사진을 찍을 수도 있다. 단지 배경이 단조롭고 무채색이며, 우스꽝스러운 소품이나 어린아이 장난감같은 장식 용품이 없을 뿐이다. 그래서인지 프랑스에서 방문한 친구에게는 이곳이 신세계나 다름없었다. 놀이동산에 온 아이처럼 그렇게 신나 할 수가 없다. 오랜만에 아이처럼 웃었던 시간이었다.

인생을 네 가지 장면으로 남기고 싶다면 어떤 장면을 남기고 싶은가. 얼마 전 운영하는 글쓰기 모임에서 내 삶을 10년 단위로 돌아보는 시간을 가졌다. 우리는 평소에 과거를 돌이켜 보지 않는다. 그렇다고 생각을 할 뿐, 실제로는 과거의 특정 사건이 불쑥불쑥 떠오를 뿐이다. 의지를 갖고 내가 살았던 과거를 속속들이(사실 가능할 리가 없지만) 들여다보는 순간, 그동안 잊고 지냈던 고마운 일들, 힘들었던 일들, 또는 그때는 모르고 지나쳤던 순간들이 보인다. 회상은 회피할 일이 아니다. 과거를 들춘다는 표현을 사용하며 부정적으로만 생각하는 사람들이 있다. 그렇지 않다. 과거는 개인의 역사이고 그때의 나를 만나는 소중한 시기이다. 과거를 직면하면 실수를 반성하고 미래의 새로운 나를 창조할 수 있는 계기가 되기도 한다. 더 나아가 과거를 바꿀 수도 있다. 내가 기억하고 있던 과거의 일이 현재의 시점에서 다르게 인식될 수 있기 때문이다. 나를 괴롭히기만 했던 과거가 감사한 순간으로 바뀌었다는 사람들이 있다. 어떤 작업을 할지는 각자의 경험과 의지에 따라 다르다. 그러니 때로는 인생을 돌아보고 나만의 인생 네 컷을 만들어보면 어떨까.

나는 인생 네 컷을 또 다른 관점에서 생각해보기도 했다. 네 개의 다른 인생을 살아가는 내 모습을 그려보았다. 당당한 글로벌 사업가로서의 삶, 동기부여가로서의 삶, 세계적인 예술가로서의 삶, 학자로서의 삶 등. 우리에게 이런 다양한 선택권이 있음을 안다면 인생은 늘 재미있고 흥미진진하지 않을까. 양자물리하에서는 당연히 가능한 세계라 한다. 동시대에 살며 다른 곳에서 다른 인생을 사는 이야기. 명상과 전생 체험과 같은 영역에서도 같은 맥락의 이야기를 한다. 사실이든 아니든 우리는 어떤 인생이든 창조할 수 있다는 가능성이 있고, 선택할 수 있는 자유의지가 있지 않은가.

모두가 행복하게 살고 싶어 한다. 불행하게 살고 싶어 하는 사람은 없다. 행복이라는 정의도 각자 다르다. 삶의 끝자락에서 인생을 회상하는 어르신들이 하시는 말씀이 있다.

"젊었을 때 신나게 노세요. 나이 들면 몸이 아파서 놀지도 못해요.", "나다운 인생을 사세요. 지금 가장 후회하는 것이 내가 하고 싶은 걸 마음껏 못해본 것이죠.", "나를 사랑하며 사세요. 누구보다 가장 소중한 사람은 나예요.", "꾸준히 하세요. 그럼 성공합니다.", "좋은 사람들과 소통하며 사세요. 가족과 공동체에서 함께 사는 것이 가장 중요했어요." 등등의 조언, 아쉬움, 지혜를 공유하곤 한다.

나는 어떠한 인생을 선택하든 언젠가는 끝이 있는 이 생에서의 삶에서 후회 없는 삶이 무엇일까를 생각하게 된다. 자유롭게 창조하는 삶을 살다간 인생이길 바란다. 인생 네 컷 사진관 덕에 내가 살고 싶은 인생의 중요한 순간을 창조하고 싶다는 생각이 든다. 즐겁고 의미 있는 순간, 나의 가치를 마음껏 펼치는 순간, 나와 타인을 위해 능동적으로 사는 삶, 나만의 색으로 창조하는 멋진 삶. 그런 인생 네 컷을 그린다.

해운대

겨울비가 추적추적 내리는 2월의 어느 저녁. 해운대로 향했다. 이름만 들으면 갈매기가 울어대는 부산 바다가 생각난다. 그러나 내가 가는 해운대는 해방촌 길 초입에서 백 미터 정도 올라오면 있는, 이탈리안 레스토랑이다. 외관은 하얗고 파란 그리스의 산토리니를 연상케 하기도 하고, 레스토랑 내외부에 장식된 드럼통 때문인지 영화 캐리비안의 해적이 생각나기도 한다. 해운대, 산토리니, 이탈리아, 캐리비안베이가 모여 새로운 장소를 창조한 느낌이다.

우리는 드럼통 모양의 테이블에 자리를 하고 와인을 주문했다. 캘리포니아 산이다. 예상했던 캘리포니아 와인 특유의

향과 맛이 난다. 나는 언제부터인가 나파밸리의 와인을 즐긴
다. 프랑스 와인이 주는 클래식한 맛(주로 내가 마셨던 와인의 맛)이
아닌, 더 다양한 향과 맛이 난다. 초콜릿과 진한 오렌지 향이
난다고 해야 할까. 그곳의 바람과 태양, 땅의 촉감을 그대로
느끼고 있는 것 같은 착각이 일어나기도 한다. 와인은 특별히
비싸지 않았다. 오히려 저렴하다 할 수준이다.

오래전 프랑스의 로칠드가에서 운영하는 와인너리를 방
문한 적이 있다. 무똥까데로도 유명한 "샤또 무똥 로칠드 Châ-
teau mouton rothschild" 와인너리이다. 방문 수개월 전에 예약하고
보르도로 향했다. 안내자가 오크통에서 익고 있는 와인을 조
금 따라 주었다.

와!!! 와인잔을 코 가까이 대자마자 탄성이 나왔다. 그 풍
부한 향은 아직 와인으로 변모하지 않은 6개월 된 포도 주
스의 향이라고 하기에는 너무도 놀라웠다. 맛은 또 어떠한가.
한 모금 마시자, 혀를 감싸고 입안 전체에 번지는 맛과 향이
매우 복합적인 느낌이었다. 초콜릿, 오렌지, 꽃, 땅과 하늘 그
리고 바람을 머금은 맛이었다. 한 번도 경험해 보지 못한 와
인 맛이었다. '비싼 와인은 정말이지 비싼 이유가 있구나'하

는 깨달음을 얻었던 순간이었다. 감동적인 맛이란 그런 것이었다. 이후 한동안 다른 와인을 마시지 못했다. 그렇게 강렬한 경험이었다.

해운대의 삼만삼천 원짜리 와인은 로칠드가의 감동적인 와인 맛에 비할 바는 아니다. 가격부터 백만 원대 와인과 다르며 맛도 물론 차이가 있다. 그러나 이곳에는 고요하게 뿜어내는 노란빛 조명이 있고 이야기를 함께 나눌 수 있는 사람들이 있다. 맛있는 음식이 있고, 친절한 청년 삼총사와 뽕순이, 경배라는 강아지도 있다. 또 다른 감동을 맛본 날이다.

모든 것은 때가 있다는 말이 있다. 내가 당신을 만날 때가 있고, 우리가 함께하는 이야기를 나눌 때가 있고, 각자의 삶에 충실할 때가 있다. 매일을 살아가지만, 하루하루가 소중한 일생의 한순간이라 생각하면 어느 순간도 허투루 보내고 싶은 사람은 없지 않을까. 15년간 사는 지역, 5년간 새롭게 만난 인연들은 과거 나의 세상이 아니었고, 존재하지 않았던 인물들이다. 지금은 나의 삶의 터전이고, 그 누구보다 가까이서 서로의 이야기를 공유하고 꿈과 인생에 관한 이야기를 나누고 있다. 새로 창조된 함께의 삶이다.

혼자만의 시간이 필요할 때도 있었다. 그 시간은 온전히 나를 위한 쉼과 힐링의 시간이었다. 산책을 하고 책을 읽고, 글을 쓰고, 명상을 하며 나의 내면으로 들어가는 시간을 갖기도 했다. 소중하고 귀한 시간이다. 그리고 2월의 어느 날, 나는 해운대에서 Q의 이야기에 젖어 들었다. 화이트 루콜라 치즈와 망고, 올리브오일 그리고 민트 잎의 크리미하고 달콤 프레쉬한 맛과 향이 함께였다. 그와 나의 삶도 그렇게 달콤하고 부드럽길 바랐다.

그날 밤, 깨달았다. 매 순간 나의 선택으로 삶이 창조됨을. 혼자만의 시간과 함께하는 시간을 창조하고, 원하는 재료를 배합하여 나만의 삶을 창조하는 것임을. 좋고 나쁨은 어떻게 관리하느냐에 따라 다름을. 루콜라와 망고, 오일와 민트가 어우러져 새로운 맛을 만들어내는 것처럼 나는 그 저녁에 새로운 삶을 창조하고 있었다. 과거의 나에게는 존재하지 않았던 인연들과 함께, 예전에는 가보지 않았던 공간에서, 이전에는 나누지 않았던 이야기를 하고 있었다. 5년, 15년간의 세월이 내게 가져다준 것은 단순한 변화가 아니라, 삶을 다시 창조하는 자유였다.

겨울비가 우리의 이야기에 운율을 더해주는 배경음악이 되었다. 노란빛 조명 아래에서 각자의 삶을 다시 창조하고 있다. Q와의 대화에서 나는 내 삶의 다음 장을 쓰고 있다. 자유롭게 내가 원하는 세상을 선택하고, 창조적으로 살아가는 것. 해운대의 조화로움처럼 "있음"에서 "다른 있음"을 창조하는 삶을 선택한다. 새로운 사람들과 새로운 이야기, 그 자체로도 새로운 삶을 창조하는 시작이다. 빗소리와 함께 흘러가는 2월의 저녁, 나는 자유롭게 창조하며 살아가는 삶의 아름다움을 맛보고 있다. 이태원의 봄날을, 내 삶의 봄날을 준비하고 있었다.

장인정신

이태원에서 한강을 지나 서초의 한 아트센터로 향한다. 이곳은 2019년 다시 한국으로 돌아왔을 때, 한 유명 사업가의 강연을 듣기 위해 왔던 곳이다. 강연자는 사업을 하며 하루 아침에 10억 빚을 져 센강에서 뛰어내릴 생각을 했으나, 우여곡절 끝에 5년이라는 짧고도 긴 시간 뒤에 대성공했다. 나는 그녀의 성공 스토리가 궁금했다. 강연을 들으면 좌절을 딛고 성공하는 법, 경제적인 자유를 얻어 그야말로 자유롭게 원하는 삶을 살아가는 법. 그런 "법"들을 알 수 있을 것만 같았다. 무엇보다 프랑스와 인연이 깊은 그녀의 인생이 왠지 나의 것과 닮아 있는 듯하여 그녀가 무척이나 궁금했다.

호기심과는 반대로 나의 얼굴은 핏기 없이 멀겋고 웃음기가 없었으며 몸은 천근만근이어서 걸을 의욕도 힘도 없었다. 이런 역설적인 상황에도 강연장까지 온 나에게 자문했었다.

'내가 정말 이곳에 온 이유가 뭘까? 나는 왜 이곳에 있지?'

그도 그럴 것이 강연장 앞에서 입장을 기다리는 사람들의 표정은 누구 하나 빠짐없이 해맑고 얼굴에는 광채가 났다. 나와는 완벽히 대조적이었다. 더 나아가 강연 중에는 내내 울고 또 울었다. 따뜻한 음성과 진심으로 도움을 주려는 진정성 있는 그녀의 태도에 마음이 움직였던 것 같다.

그 후 다시 찾은 곳. 이번에는 처음부터 웃을 각오를 하고 가고 있다. "로망 프레이시네Roman Frayssinet"라는 프랑스의 유명 스탠드업 코미디언의 쇼를 관람하기 위해서이다. 나는 프랑스 코미디 프로덕션 회사의 한국 대표이자 국제 코미디 협회 디렉터이다. 글을 쓰고 그림을 그리는 일 외에 오래전부터 옻칠과 나전칠기와 같은 한국 전통 문화예술과 미디어 산업 등의 국제 교류를 해왔다. 코미디 교류는 그 중 상당 부분이 내가 하는 문화예술 교류의 일을 정의하곤 한다.

로망 프라이시네는 16세의 어린 나이에 스탠드업 코미디 무대에 처음 섰다. 그의 커리어는 그때 이후 많은 변화가 있어 보였다. 외모도 짧은 머리, 파마머리, 다시 짧은 머리로 바뀌었고, 공연 스타일과 메시지도 다양하다. 더 깊어지고 유머러스하며 통찰력이 있었다. 이제 30대 초반인 그는 프랑스어권에서 최고의 코미디언으로의 커리어를 자랑하고 있다. 그런 그가 한국을 포함하여 세계 투어를 하는 이유는 각 나라의 팬을 만나며, 세계적인 코미디언으로서의 입지를 넓히기 위한 전략이 아닐까. 익숙한 지역을 벗어났을 때 청중의 반응도 궁금했을 것이다. 그가 TV 프로그램에 출연하여 한 인터뷰 내용이 인상적이다.

"삶에 있어 자신의 고귀한 생각을 가벼운 농담으로 풀어내는 것이 중요하다고 생각합니다. 그러기 위해 저는 끊임없이 연습하고, 실전과 다름없이 합니다. 연습할 때 들이는 노력과 정성은 마치 어떤 물건을 처음부터 세세하게 갈고 닦아 완성하고야 마는 장인과 같아야 한다고 생각합니다. 그 시간을 거쳐야 비로소 창조성이 불처럼 일어나는 것이죠. 진정으로 자유로워지는 방법입니다."

고귀한 생각, 즉 자신의 신념이나 진리를 전달하는 일이 자칫 심각한 분위기를 자아낼 수 있다. 가볍고 재미있는 메시지로 진리를 전달하기 위해서는 빗대어 이야기하거나, 재미있는 상황을 연출하여 은유적으로 전달할 수도 있어야 한다는 말이겠다. 그는 그러기 위해 끊임없이 이야기를 생각해 내고, 스크립트를 짜고, 때로는 혼자만의 시간을 가지며 해결책을 찾아낸다고 한다.

우리는 경제적인 자유를 이루어, 자유롭고 창조적인 삶을 살고 싶어 한다. 2019년 강연으로 만났던 사업가 켈리 최의 성공법은(내가 느끼기에는) 다음과 같았다. 원하는 목표를 위해 잠도 줄여가며 몰입하여 해낼 수 있을 것. 좋은 파트너와 함께하고 전략적이고 과감한 도전을 할 것. 끊임없는 반복과 실천으로 실제 무언가를 만들어 갈 것.

위의 두 경우를 보더라도 가장 근본적으로 전제되어야 할 것이 있어 보인다. 바로 고귀한 생각과 원하는 목표이다. 나의 고귀한 생각이 무엇인지, 내가 원하는 목표가 무엇인지 아는 것이다. 오래전 나는 그 답을 찾기 위해 강연장을 찾았다. 이후 여러 경험을 통해 답은 그 누가 아니라 내 안에 있으며,

누구도 그 답을 대신 찾아 줄 수 없다는 걸 알았다. 그러기 위해서는 외부의 소란을 피해 고요로 들어갈 수 있는 용기가 필요하다는 것도!

로망 프라이시네는 아는 이 하나 없는 도시에서 혼자만의 시간을 5일 정도씩 갖는다 한다. 나와 함께 하는 시간이 많을수록 내 생각과 원하는 바를 더 깊이 관찰하고 알아갈 수 있다. 자신의 생각을 부단한 연습을 통해 나만의 것으로 만들어갈 때 비로소 자유를 얻는다 한다. 그는 그것을 '장인정신'이라 표현했다.

살다 보면 침대 밖으로 한 발도 디디지 못할 만큼 인생의 무게감이 느껴질 때가 있다. 그럴 때 나를 탓하기보다 나에게 쉼을 주고 나와 함께 하는 시간을 즐겨보면 어떨까. 하나씩 이루어가는 장인처럼 조금씩 전진해 보는 것도 좋다. 그런 과정을 거쳐 임계점을 지나면 몰입의 경지에 이르게 된다. 달리기를 할 때 어느 순간 농담처럼 몸이 가벼워져 쉬이 뛰게 되는 것처럼 그렇게. 작심삼일이 되면 어떻게 하나요? 라고 질문한다면 이런 방법을 사용하는 것도 좋다. 삼일마다 작심삼일을 하는 것이다. 웃자고 하는 소리지만, 어쩌면 맞는 말이라는 생각이다. 포기하지 않고 시도하고 또 시도한다는 의미이다. 삶의 어느 시점에 있든, 다시 시작하는 당신에게, 원하는 것이 자유롭게 펼쳐지는 그날까지 장인처럼 처음부터 천천히 시도해 보길 기원한다.

소월길 중간쯤. 컴포타블Kompotabel에 앉아 이 글을 씁니다. 카페 안 통창 밖으로 서울이 훤히 펼쳐져 있네요. 왼쪽부터 경리단, 해방촌, 저 멀리 삼각지, 가까이로는 후암동, 그 오른쪽으로 명동이 보입니다. 모두 제가 살았던 곳입니다.

근 15년을 이태원에 머물며 많은 경험을 했습니다. 사랑을 했고, 상실을 경험하고, 치유를 했습니다. 나 자신과 화해하고 그와도 화해했습니다. 살아가면서 결단코 필요했던 사람들과의 관계에서 얼마나 많은 것을 배우고 깨달았는지요. 짐작하시겠지만, 지금도 진행 중입니다.

우리는 혼자 살 수 없습니다. 함께 살아야 하는 존재죠. 누군가는 처세술이라고 하는 사회적 스킬도 필요하다 합니다. 어쩔 수 없는 사회적 존재라면서…. 맞을지도 모릅니다. 그러나 저는 절대로 잊지 않고 싶은 것이 있습니다. 누구보다 나 자신을 가장 아끼고 싶은 마음. 나를 존중하는 마음. 나를 사랑하는 마음입니다. 그 마음이 먼저이기를 바랍니다. 그 마음이 가슴 깊숙한 곳에서부터 우러나올 때 비로소 진심으로 타인을 존중하고 사랑할 수 있음을 알게 되었습니다.

주문한 카모마일 티가 나옵니다. 투명한 티팟에 하얀 도자기 컵, 그리고 글 카드와 함께입니다. 문구가 특이해서 점원에게 물어보니, 아래층 향수 가게에서 파는 향을 설명하는 문구라 합니다. 꽤 서정적입니다.

"땀이 식을 즈음 흙먼지 사이로 느껴지는 달콤한 향기에 무심코 뒤를 돌아보다 그 애와 눈이 마주쳤다. 고개를 돌려도 푹 부는 풍선껌의 단내가 어깨를 타고 넘어온다."

어릴 적 순수했던 때가 생각납니다. 지금의 나는 어떤 모습인가 하고 봅니다. 성인이 되고 외모도 많이 변했습니다. 시간이 지나고 환경이 바뀌었으니 당연하겠죠. 우리는 늘 순수했던 그 시절을 동경하죠. 가끔은 그때의 때 묻지 않은 시절로 돌아가고 싶습니다. 세상 속에 살아가며 가려진 순수성을 한껏 드러내고 싶기도 합니다. 중년이 되고, 노년이 되어도 그럴 것입니다.

세상에서 저를 가장 사랑해 주시고 지지해 주었던 외할머니가 돌아가신지 10년이 넘었습니다. 할머니는 임종 직전에 어떤 노래를 불렀다고 해요. 할머니가 어린아이였을 때 자주 불렀던 노래였답니다. 오랜 시간 동안 잊고 산 줄 알았는데, 무의식 깊숙한 속에 늘 어린시절의 그 아이와 함께하고 있었던 것이죠.

저는 이 책을 통해 독자 여러분이 자신을 만나고 더 알아가는 시간을 가지셨으면 좋겠습니다. 나를 존중하고, 격려하고, 인정해 주셨으면 좋겠습니다. 늘 사랑을 주셨으면 좋겠습니다. 그래야 진심으로 타인을 사랑할 수 있더군요.

시야가 뻥 뚫린 루프탑으로 나왔습니다. 도시 위에 떠 있는 푸른 바다 같은 하늘. 그 안에 시시각각 변하는 하얀 구름과 노을의 풍경. 잠시 후에 푸른 밤과 신선한 바람이 불어 오겠네요. 이내 이 아름다운 하늘 풍경을 담으려는 사람들이 하나둘 모일 것 같습니다. 당신이 있는 곳이 궁금합니다. 그곳에도 상실과 사랑이, 치유와 화해가 있는지요. 그곳에서 당신다운 삶을 사시기를, 타인의 공간이 존중되기를, 당신 그 자체로 사는 삶이 펼쳐지기를!

이태원에 삽니다

초판 1쇄 인쇄 2026년 1월 25일
초판 1쇄 발행 2026년 1월 30일

지은이 김미영
발행인 전익균

이사   정정오, 윤종옥, 김기충
기획   조양제, 김영진
편집   김혜선, 전민서, 백서연
디자인 페이지제로
관리   이지현, 김영진
마케팅 (주)새빛컴즈
유통   새빛북스

펴낸곳 도서출판 새빛
전화 (02) 2203-1996, (031) 427-4399 팩스 (050) 4328-4393
출판문의 및 원고투고 이메일 svcoms@naver.com
등록번호 제215-92-61832호 등록일자 2010. 7. 12

가격   20,000원
ISBN 979-11-94885-28-3 03810